叡電のほとり

eiden no hotori

短歌日記 2023

吉川宏志

Hiroshi Yoshikawa

ふらんす堂

JANUARY

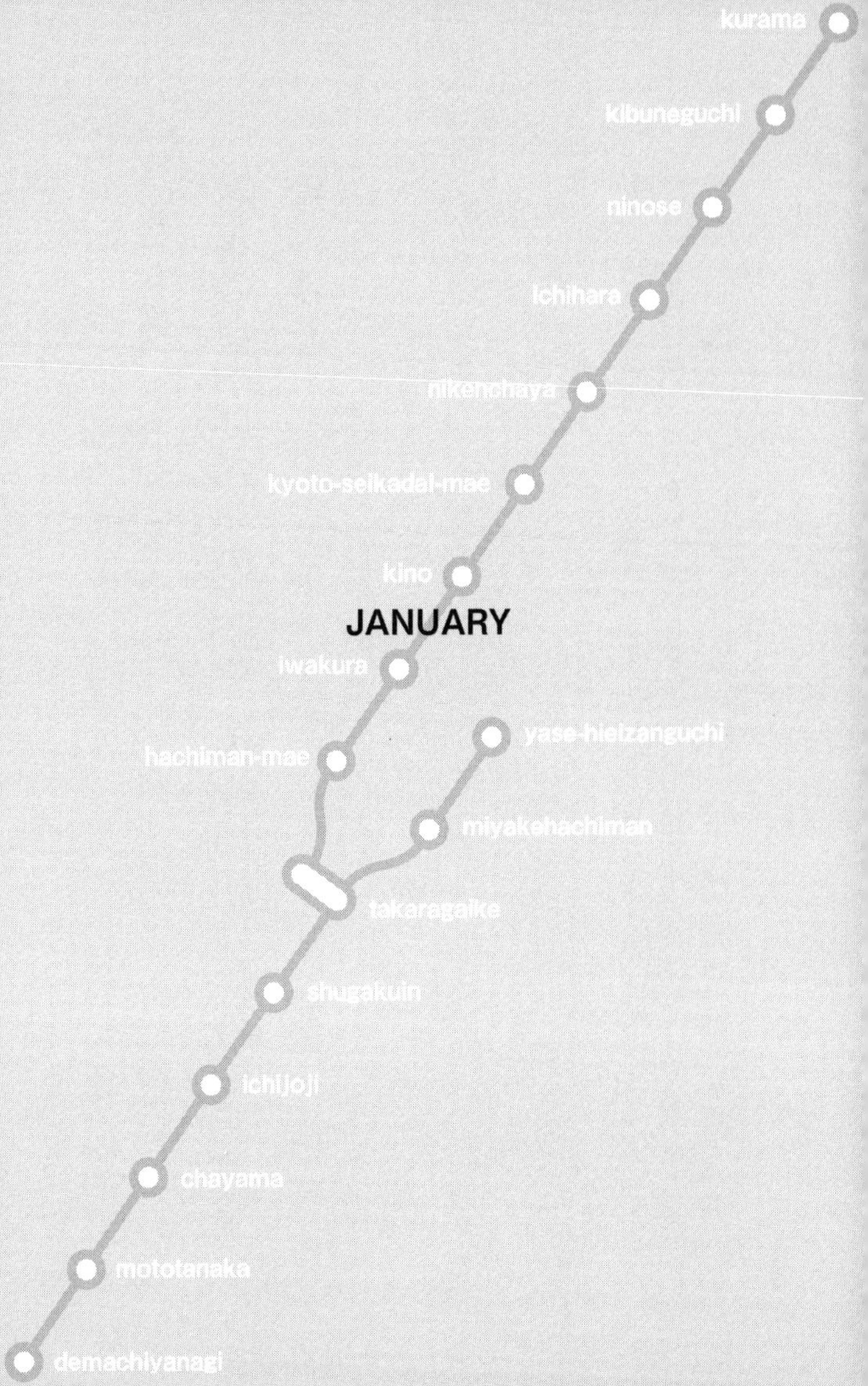
kurama
kibuneguchi
ninose
ichihara
nikenchaya
kyoto-seikadai-mae
kino
iwakura
hachiman-mae
yase-hieizanguchi
miyakehachiman
takaragaike
shugakuin
ichijoji
chayama
mototanaka
demachiyanagi

一月一日(日)

新年のなかに二つの「ん」の音の朝の陽のさす道を踏みゆく

叡電とは叡山電車のこと。京都市の北東に向かう小さな電車で、よくお世話になっている。初詣に行く人たちをいっぱいに乗せた車両が踏切を過ぎてゆく。車窓の晴れ着の赤が、目に残る。

一月二日(月)

野の猫もあたらしき年を迎えたりのろりのろり脚を浮かせて歩む

近所には五匹ほどの猫が暮らしている。一匹は小さい黒猫。水の涸《か》れた溝の中にひそんで、頭だけ出して見張っているのをよく見かける。スパイちゃんと呼んでいる。茶色い猫もいて、こちらは大将タイプ。

一月三日㈫

元日のあまりの煮物食べており娘は鞄に服詰める朝

父の故郷は宮崎県都城《みやこのじょう》市。シラスと呼ばれる火山灰を、正月になると庭にまく風習があった。南国なので、雪の代わりにしたのだ。火山灰はあまり白くないけれど、朝日に照らされて粒子が光っていたのを懐かしく思い出す。

一月四日㈬

子とともに遊びし日々は飛び去りてボートの間《あい》の夕焼けの水

宝ヶ池は、私の家から二十分ほど歩いたところにある。比叡山が逆さになって映るのが美しい。鴨やアヒルや白鳥が岸の近くに浮かんでいる。昨日、娘は横浜に戻っていった。今ごろは接客に追われているだろうか。

一月五日㈭

自転車を初漕ぎしたり飛びまわる雪が頰うつ夕べと
なりぬ

京都府立図書館の正月休みが終わり、今年初の開館日。「一九七〇年代短歌史」を「短歌研究」に連載しているので、古い雑誌を調べに行くことが多い。現在のベテラン歌人の若いころの写真が載っていたりしてほほえましい。

一月六日㈮

おさなごはこの世に核の巣のあるをいつ知るならむ風のなかの声

小学生のころ、星新一の『午後の恐竜』を読んで、夜眠れなくなったことを今でも覚えている。今日も恐竜の姿は見えなかったから、大丈夫なのだろう、たぶん。

一月七日㈯

黒光沢《つや》を手に取りながらあゆみゆく靴屋に低き椅子置かれあり

新京極へ。店員さんの話によると、近年は売り上げが落ちているとのこと。コロナ禍でみんな出歩かなくなったので、靴をなかなか買い換えなくなっているらしい。

一月八日㈰

冬枯れのヒマラヤ杉のひろがりの葉脈に似てゆうぞらに立つ

名古屋で「子規の読者意識」というタイトルで講演。正岡子規は、風景を目に見えるように描くことで「読者をして作者と同一の地位に立たしむる」ことができる、と考えていた（「叙事文」）。〈写実〉の背後には、読者意識が存在している。

一月九日㈪

積もりたる紅葉のずれてゆく坂を曼殊院までのぼりきたりぬ

山道を歩くと、去年の落ち葉がたくさん溜まっている。自然は連続しているのだが、人間が「去年／今年」のような言葉を用いて、区切りを作っているにすぎない。時間は言葉で、ことばはじかん。

一月十日㈫

死を書かれし女と書かれざりしあり『源氏』のなかの夕顔、朝顔

「歌壇」で連載している「かつて『源氏物語』が嫌いだった私に」を書く。もう第二十一回になる。「ことに深き道ならねど、松が崎の小山の色なども、さる巌ならねど秋の気色つきて……」（「夕霧」）と描かれた松ヶ崎の山は、北窓からよく見える。

一月十一日(水)

熱がりて湯につかりしが雨の夜の身体《からだ》はやがて薄くなりゆく

五歳くらいまで、家の風呂は薪で焚いていた。昭和四十年代、田舎では珍しくなかったように思う。まだ温かい灰でままごと遊びをした記憶が、かすかに残っている。

一月十二日㈭

あけがたの眠りのなかに遠くより音ひきずりて電車は来たる

清少納言が「冬はつとめて。」なんて書いたものだから、冬の朝も早くから働かねばならないという日本人の美意識が生まれたのではなかろうか。「冬は寝かせて。」のほうがいいいと思う。

一月十三日㈮

ガラス戸の冬の日差しを背に乗せて戦時に出《い》でし古本を読む

斎藤茂吉『寒雲』（一九四〇年）に、「保土ケ谷の高処《たかど》に見ゆる家群《いへむら》はイタリアの国ゆけるに似たり」という一首がある。数年前、横浜市の保土ケ谷に行ったが、うーん、見る人が見ればそうなんでしょうか。昼にパスタを食べて帰った。

一月十四日㈯

人形の空気を抜いてゆくように息を吐きたりもう雪が来る

高野寛さんのライブが京都・丸太町で行われる。「虹の都へ」（一九九〇年）以来、高野さんの曲はとても好きで、ライブに行くのは今日が三回目。後に妻となる人と初めて会ったころ、カセットテープに入れてもらい、繰り返し聴いた。

一月十五日（日）

産みくれしひとの亡きわが誕生日羽立《はね》てるごとシクラメン咲く

かつては一月十五日が成人の日だった。誕生日に学校が休みなのは、何だか特別な感じがした。クラスの女子から「誕生日おめでとう」と声を掛けられないのは残念だったけれど。一月の第二月曜日が成人の日になったのは二〇〇〇年から。

一月十六日(月)

冬の樹の影の映れるビルに来てうさぎの爪を切ってもらいぬ

飼っているうさぎは九歳になる。うさぎにしては高齢のほう。よく食べよく動きまわるが、ときどきカーペットの上で尿を漏らしてしまう。うさぎ年の一年、元気に生き抜いてほしい。

一月十七日㈫

夕暮れの山から町にくだりおり殖えてゆく灯《ひ》に疎密のあるを

叡電の一乗寺駅から東の山のほうにのぼっていったところに八大神社がある。ここは宮本武蔵が一乗寺下り松の決闘をしたところで、当時の松の切り株が祀られている。武蔵の像も立っている。

一月十八日㈬

鍋のなか円く煮えおり大根は兵となりにき徒然草に

「『かく戦ひし給ふは、いかなる人ぞ』と問ひければ、『年来たのみて朝な朝な召しつる土大根らに候』といひて失せにけり。」（第六十八段）

一月十九日㈭

思い出したごとく戦争は伝えられ地下壕に蠟の火の揺れて立つ

ロシア軍が発電所を攻撃して、暖房ができないようにしているという。老いた人や病人が寒さのために衰えていくのを、ヒーターの効いた部屋で想像し、また忘れてゆく。

一月二十日㈮

十数年つき合えば共に知る死者も増えたり冬の黒ビール飲む

神楽岡歌会という、長く続いている京都の歌会に行く。夜九時に終わってから、酒を飲みつつ、最近のおもしろい歌集について話したり教えてもらったりする。他のジャンルもそうかもしれないが、短歌では口コミがとても大切な気がする。

一月二十一日㈯

ごぼ天をはみだす牛蒡噛みながら若き日のわが失言を聞く

二十代の頃は嫉妬や焦りがあって、褒められている作品に対し、「こんな歌のどこがいいのか分からない」と乱暴な言葉を吐いたことがよくある。当時をよく憶えている人がいて、そのことを言い出されると、赤面するほかない。

一月二十二日(日)

朝の陽の差しこむ部屋に切りてゆく爪は骨とはちがうぶっしつ

夜更け、飼っているうさぎが鉄の柵をがりがりと噛む音が聞こえる。うさぎの歯は伸びるので、自分で削らないといけないらしい。もし人間の歯が伸びたなら、どんな生活になるだろう。虫歯からは解放されるかもしれないけれど。

一月二十三日（月）

旅先のごとく目覚めつ雪なのか電車の音は壁にひびくも

以前勤めていた会社は、京都が本社なので、東京勤務の人が出張で京都のホテルに泊まるということがよくあった。飲み会の席で、「夜中に合戦のような声がして眠れなかった」と、ある人が話しているのを聞いたことがある。

一月二十四日㈫

「未人口」はミジンコだったのかもしれぬ裕子さんがしゃべる古い雑誌に

「……人間がお魚とか、プランクトンとか、未人口であった時代、つまり水の中に生きてた時代から子供というのはそういう羊水の中に浮かんでいながら、だんだんに進化してくるわけなのね、人間に。」（角川書店「短歌」一九七二年七月号・座談会「女歌その後」河野裕子発言）

一月二十五日㈬

我ひとり在るごとき夜に鈍角をつくりて冬の星はうかびぬ

昨年の十二月、双子座流星群の空を見上げた。寒い戸外で三十分くらい粘って、緑色の光が滑るように飛ぶのを四つ見ることができた。もう見えない、帰ろう、と思ったころに、すっと星が流れるので、なかなかあきらめられない。

一月二十六日㈭

あまりよく見ていなかった湯呑みにて笹の模様を眺める夕べ

会社の永年勤続でもらった湯呑みを、ずっと使っている。そんなに好きな柄ではないが、自分が好きで買った陶器は、割ってしまうのが怖くてあまり使わず、大事でないほうをいつも使うという逆転現象が起きている。

一月二十七日㈮

母の無き故郷に帰らないままに海星《ひとで》のごとく蜜柑を剝けり

「納戸《なんど》」という言葉を、最近あまり聞かなくなった。物置き部屋のことである。子どものころ、冬になると納戸に段ボール一箱くらいの蜜柑が置かれ、ひたすら食べていた。今より安かったのだろうか。食べ過ぎると手が黄色くなった。

一月二十八日㈯

お名前は前から存じておりますが飛露喜《ひろき》を飲みぬ鰤の旨きに

酒はあまり強くない。しかし会社に勤めていた頃は、接待のときにこっそりトイレで吐きながら飲んだこともあった。今は無理に飲ませる風習は減っていると思うが、絶対にやめてほしい。気の合う人と少しずつ飲む酒はほんとうに美味しい。

一月二十九日（日）

片側の木の欄干のはずされし三条大橋を時雨は通る

故郷の宮崎にいたころ、古文の授業で「時雨」が出てきてもイメージが全くつかめなかった。九州南部の冬は、明るく晴れる日が多いのだ。雲の隙間から青空が見えつつ、さーっと雨が降ってくる。京都の冬は、そんな日にしばしば出遭う。

一月三十日（月）

珈琲の粉の黒きにほそほそと湯を垂らしおりまだ書く夜は

正直に書けば、珈琲の味はあまり分からない。上野久雄さんという甲府で喫茶店をされていた歌人がいた。「珈琲よもっと脹めさびしかる店主の注ぐ熱き湯浴びて」（『炎涼の星』）。上野さんが「珈琲の味は焙煎でほとんど決まりますよ」と言っていたことを思い出す。上野さんは二〇〇八年に亡くなった。

一月三十一日㈫

まだ会いしことはなけれど娘《こ》の彼が看病に来ていると聞くのみ

娘は遠くに住んでいるので、熱が出たと聞いても、何もできない。栄養ドリンクやレトルト食品などを詰めて宅配便で送る。どうやら単なる風邪だったようで、荷物が着く前に、「熱ない」「もう治ったかも」というＬＩＮＥが届いた。

FEBRUARY

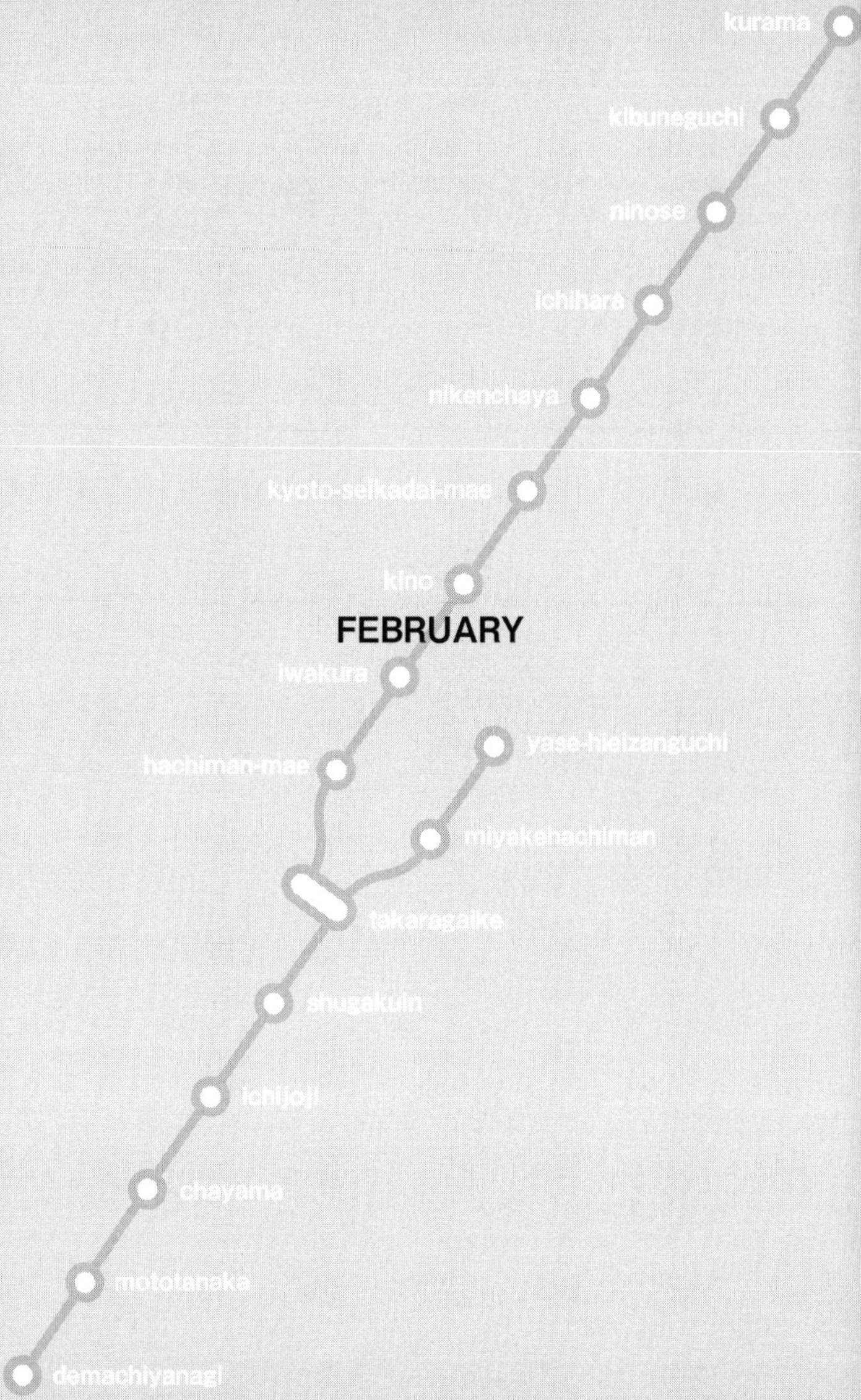

kurama
kibuneguchi
ninose
ichihara
nikenchaya
kyoto-seikadai-mae
kino
iwakura
hachiman-mae
yase-hieizanguchi
miyakehachiman
takaragaike
shugakuin
ichijoji
chayama
mototanaka
demachiyanagi

二月一日(水)

ねむりゆく闇に遠近あらわれて救急車北に走り去る音

「二月は逃げ月」という言葉を、受験生のときに初めて聞いた。当時は共通一次試験が行われていた。それが一月に終わり、三月に本番の入試があるまでの不安な時間感覚は忘れられず、しかし何をしていたかはほとんど覚えていない。

二月二日㈭

流されてまた川の面《も》をさかのぼる鴨の影あり夕照りのなか

京都で大学入試を受けたのは三十五年も前である。そのとき初めて一人で、故郷を出る旅をした。翌朝に三十三間堂を訪ねた。焚火が赤く燃えていたのをよく憶えている。ここに戻ってこれるのだろうか、と未来を占うように見つめていた。

二月三日㈮

いくたびも朝のテレビを流れゆく家族葬そこに若き死者無く

そういえば母の葬儀も、少し広い家のようなところを借りて行《おこな》ったのだった。父はもっと大きな葬儀がしたかったようだが、親族みんなで、そんなに人は来ないから、と言って諦めさせた。父の寂しそうな顔を思い出す。

二月四日(土)

月という乾いたものが浮かびおり雪のひととき降りたる空に

昨日は節分だった。朝、小さな子どものいる家の前を過ぎると、道に落ちた豆にスズメが群がっている。車のタイヤが豆をつぶしていったので、スズメの口にちょうどいい大きさになったようだ。そこに鳩やカラスもやってくる。

二月五日（日）

轟音の過ぎゆきしのち踏切は薄き日なたをひろげていたり

一乗寺駅周辺は「ラーメン街道」と呼ばれ、ラーメン屋が二十店ほど集まっている。麺の量が非常に多い店があり、長い列ができる。完食したら、店に勝ったという気分になるらしい。一度行ってみたが、あっさり敗北した。

二月六日(月)

冬陽さすこの世に声は遺されて高橋幸宏「蜉蝣《かげろう》」を聴く

小学生の頃、ＹＭＯを初めて聴いた。高橋幸宏の「中国女」はフランス語の歌詞で、どんな意味か全く分からないのに、心に強く刻まれた。〈哀愁〉という感情を小学生はまだ知らない。しかし、それに近い不思議な感覚を、この曲に教えてもらった気がする。

二月七日㈫

未来持つゆえに不安は生まれると眠りのまえに反芻したり

動物は、現在しか見ていないので、将来を悩むことはない、という文章をときどき見ることがある。ただ、うさぎを病院に連れて行こうとすると、おびえたような仕草を見せることがある。彼らにも不安に似た感情はあるのかもしれない。

二月八日㈬

くちばしを椿の花に刺し入れる緑の鳥を窓は囲みぬ

昔住んでいた古い家には小さな庭があった。蜜柑を木の枝に刺しておくと、メジロなどが飛んでくる。妻や幼い息子とともに、ガラス越しに観察した。マンションに引っ越してから、お隣に迷惑かもと思い、鳥を呼ぶのはやめてしまった。

二月九日㈭

途中まで読みたる本に一か月ぶりの心をつながむとする

年に一度くらい、アガサ・クリスティがむしょうに読みたくなる。最近は『ホロー荘の殺人』を読んだ。芸術家は悲しみの最中でも作品にすることを考えてしまい、真に悲しむことができない、と吐露するシーンがラストにあり、印象深い。

二月十日㈮

柵のむこうに牛の乳首は濡れており搾りしばかりを
飲まされたりき

今日は第三十四回歌壇賞の授賞式。受賞者は宮崎大学農学部の久永草太さん。「治す牛は北に、解剖する牛は南に繋がれている中庭」など、獣医学の現場が詠まれた歌がおもしろい。私の祖父母も宮崎で牛を飼っていた。子どものころに見た牛の姿は、今も鮮明に記憶に残っている。

二月十一日㈯

ビニールの手袋嵌《は》めて朝食のハム挟み取る銀の盆より

コロナ禍で生まれた新しい慣習は、数十年もすればすっかり忘れられてしまうだろう。「三密」のような単語は、後の時代でもネットで検索すれば調べられる。だが、単語にならない行為や雰囲気などは、記憶から消えていきやすい。短歌では、単語にならないものを歌うことが大切なのかもしれない。

二月十二日㈰

地下なれど冬のひかりの差し込める閲覧室に旧号を読む

京都府立図書館へ。〈無い〉ことを確かめるために、古い雑誌を調べるということがある。たとえば、一九七二年の日中国交正常化は、総合誌ではほとんど歌に詠まれていない。宮柊二が、なぜ中国を歌に詠まないかを語っているインタビューを見つけることができた（角川「短歌」一九七三年一月号）。次の連載で何を書くかが、しだいに見えてくる。

二月十三日(月)

夕雨《ゆうさめ》のこんなところに教会のありしか壁に圧《お》されて歩く

京都の裏道を歩いていると、ふいに煉瓦造りの古い洋館が現れて、驚かされることがある。もう一度行ってみようと思っても、見つからなかったりする。エラリー・クイーンにそんな短編があった。私の方向音痴のせいだと思うけれども。

二月十四日㈫

湯豆腐の底に昆布の敷かれおり酒飲めぬひとを伴侶としつつ

今日はバレンタインデー。そういえば数年前、抹茶チョコレートでできた蛙を、妻からもらったことがあった。あれはとてもリアルで、ちょっと食べにくかった。東京に住む息子に贈るチョコを、今年も熱心に選んでいるようである。

二月十五日（水）

樅の葉をしたたれる雨　国の名の付くヨーグルト買いて来たりぬ

それから「ガーナチョコレート」。他にもあるかな？　一九八〇年代のイギリスのロックバンドには「ジャパン」や「チャイナ・クライシス」があった。歌集名では『クウェート』（黒木三千代）、『アメリカ』（坂井修一）などが思い浮かぶ。

二月十六日㈭

おびえいし結果を今日はのがれたり冬の長椅子に会計を待つ

視野の検査をした。小さな光が見えたら、手元のボタンをすぐに押す。次々に光るので、つい指が勝手に動いてしまう。「押し過ぎました！」「大丈夫ですよ」と女性の技師さんに言われる。昔やったインベーダーゲームを思い出す。

二月十七日㈮

一年後また検査する臓持《わた》ちて時雨の光る橋を渡りぬ

四十歳を過ぎてから毎年バリウム検査を受けている。胃カメラのほうがいいらしいが、なかなか決断できない。毎日毎日、何十万もの人々が回転させられ、白いバリウムが排泄されるさまを思うと、世界が奇妙なものに見えてくる。

二月十八日㈯

雪道のゴミの袋を突つきいる鴉あり汝《なれ》も恐竜の裔《すえ》

鴨川の上空を、トンビが悠々と飛んでいる。と思ったら、カラスがやってきて激しくぶつかり合い、ついにトンビを追い払ってしまった。体が大きいトンビより、カラスのほうが強いらしい。このときは黒い戦闘機のように見えた。

二月十九日(日)

読む速度遅らせ遅らせ校正す「すはる」ではない「すわる」に直す

短歌誌「塔」の再校に行く。烏丸丸太町のハートピア京都。毎月、十数名が集まる。やはり旧仮名(歴史的仮名遣い)の誤りが多い。他にも×「さはぐ」→○「さわぐ」、×「消へる」→○「消える」など、いつも間違えている人がいる。

二月二十日(月)

石塀と道のつくれる直角にさざんか赤く吹き寄せられつ

京都の木屋町の「さざんか亭」で、大学に入学して初めてのコンパが開かれた。クラスの女子からいきなり「冷蔵庫をあげる」と言われて驚いた。下宿をするつもりだったが、親の事情で家から通うことになり、買った冷蔵庫が不要になったらしい。その子をめぐる悲しい記憶も、久しぶりに思い出した。「さざんか亭」は今も変わらずに営業している。

二月二十一日㈫

指枯れてピアノのなかを浮き沈む坂本龍一シェルタリング・スカイ

『音楽図鑑』というアルバムを、高校生のころ何度も聴いた。今もときどき聴くが、若い日々のさまざまな記憶が湧き上がってくる。国会前の安保法制反対デモのとき、坂本さんの姿を遠くから見ることができた。一度だけでも直接に見られたことは嬉しい。

二月二十二日(水)

鼎談の我の言葉を直しゆく「ほんとですね」文字は声のぬけがら

「短歌研究」三月号で、ノンフィクション作家の梯《かけはし》久美子さん、歌人の高木佳子さんと、『続コロナ禍歌集』をめぐって語り合った。とても楽しく、充実した鼎談だった。梯さんが、短歌には文学的なおもしろさとドキュメンタリー的なおもしろさの二つがありますね、と発言されたのが印象深かった。

二月二十三日㈭

読む時のあらざる本を積みてなお自らの本を作らむとする

新しく刊行する歌集の編集を進める。数年前に作った歌が、もう生気を失っていることもあり、どんどん捨てる。どうしても捨てきれない歌を集めて一冊にまとめてゆく。だが、捨ててしまった歌も、空白という形で、歌集の中に残っている気がする。

二月二十四日㈮

粗紙《あらがみ》に文字かすれるをめくりゆく戦《いくさ》ののちに出《で》し哲学書

一九四七年の『現象学入門』。著者の佐竹哲雄は、短歌誌「水甕」の創刊メンバーだった（当時は近藤哲夫という名前）。哲学者のフッサールが「フッセル」と表記されている。非常に難解で、私にはなかなか理解できないのだが、戦後まもないころに、こんな本が読まれていたことに驚かされる。

二月二十五日(土)

橋の影うつる水面を覗きおり泥ひきずりて泳ぐ黒鯉

二年前、修学院離宮に初めて行った。黒い鯉を描いた杉の戸がある。夜な夜な、この鯉が絵を抜け出して池に行ってしまうので、円山応挙が網の絵を描き、出られなくなったそうだ。確かに黄色い網が、鯉に重なるように描かれている。

二月二十六日(日)

ゆうぐれの駅に群がる靴々の腐ったような雪を踏みゆく

大佛次郎の〈鞍馬天狗〉シリーズが好きで、子どもの頃よく読んだ。「雪の雲母坂《きらら》」という短編がある。江戸時代の爆弾テロを描いた怖い話。大学に入って住み始めたアパートの近くに、雲母坂があると知り、ちょっと運命的な感じがした。

二月二十七日（月）

水鳥のはらわた暗き声聞こゆ昨日の雪は橋に残りて

馬橋は、わが家の近くに架かる小さな橋。この名前はあちこちにあるようで、かつて杉並区に出張したときに馬橋小学校を見つけて、ここにもあるんだ、と思った。橋の下に、山の鹿がやってくることがある。馬に鹿か、と笑ってしまう。

二月二十八日㈫

ゆうぐれの返却ボックスに三冊の本を落とせり本を打つ音

「一九七〇年代短歌史」の連載のため、日中国交正常化（一九七二年）に関する本を借りて読む。当時の朝日新聞に「台湾全土の日本人への保護指令隅なる記事をこころあつく読む」（佐藤泰）という歌がある。中国との国交が回復した代わりに、台湾と断交することになった。台湾に住む日本人がその報復を受けるのではないか、と懸念されていたのである。しかし、台湾政府は、日本人を保護するよう命じたのだった。時代背景を知ると、歌の奥行きは深くなってゆく。

MARCH

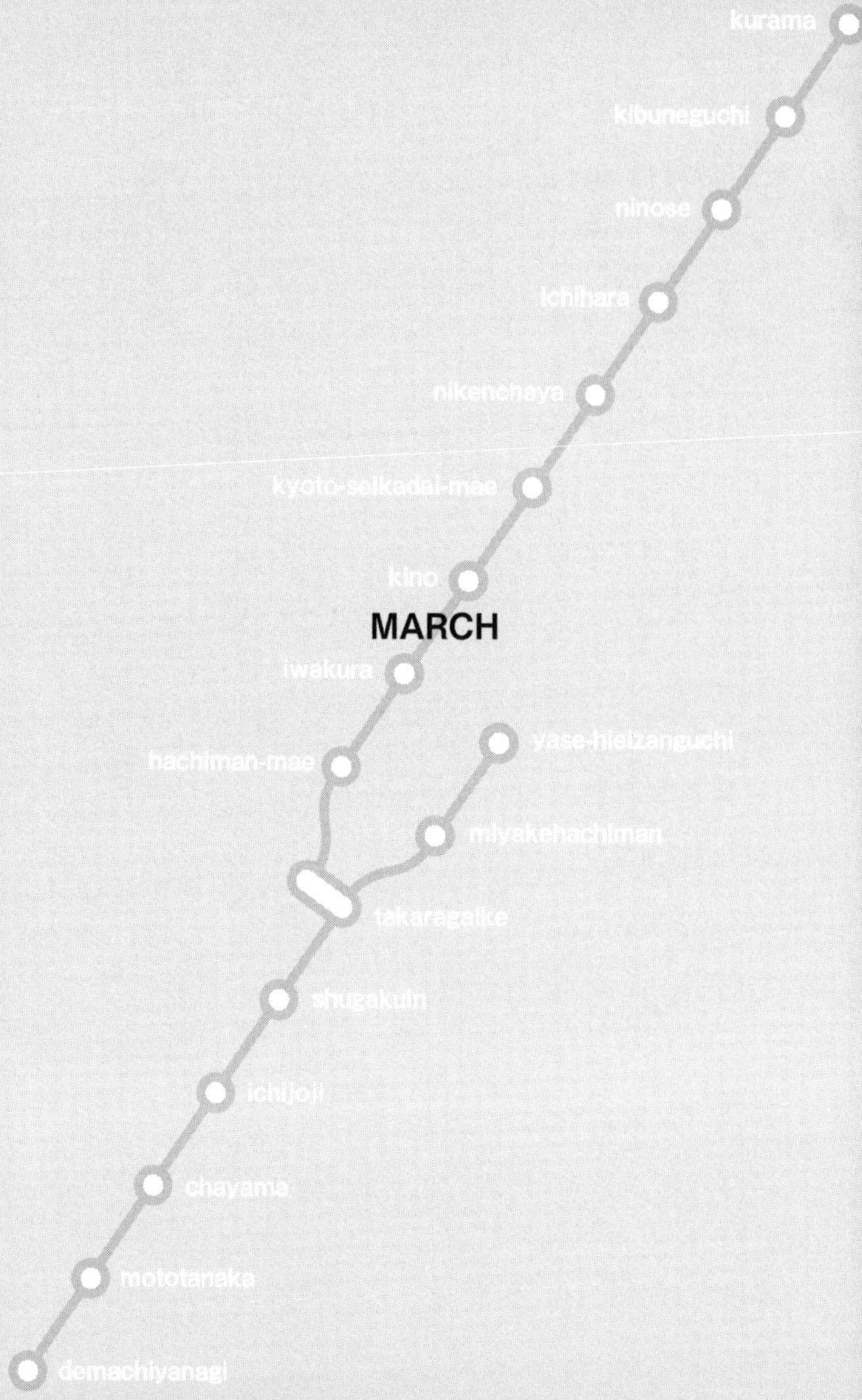
kurama
kibuneguchi
ninose
ichihara
nikenchaya
kyoto-seikadai-mae
kino
iwakura
hachiman-mae
yase-hieizanguchi
miyakehachiman
takaragaike
shugakuin
ichijoji
chayama
mototanaka
demachiyanagi

三月一日(水)

白梅の群れ咲く枝を鳥もまた人もくぐりぬ高さ違《たが》えて

平安時代の夜は真っ暗で、男が女のもとに通うときは、香りで居場所を知ったという。まさに動物並みの嗅覚。「梅の花にほひをうつす袖の上に軒漏る月の影ぞあらそふ」(藤原定家)のような歌を、私たちは作り物のように読んでしまうが、当時はリアリティーのある表現だったはずだ。月の光と、匂いによって、袖がそこに在る、ということを認識したのだ。

三月二日㈭

まだ本の読めない寒さ　三月の白き光をあつめる池は

去年から読んできた内田樹さんの『レヴィナスの時間論』を、ようやく読み終わる。レヴィナスの哲学はとても難解だが、難解さに耐えて向き合うことの大切さを教えてくれる一冊である。私たちは、〈自分〉が〈他者〉を認識する、というふうに考えてしまうが、そうではなく、〈他者〉が先に在り、〈他者〉に呼ばれることで〈自己〉が生じるのである。そうした理路だけは、なんとか分かった気がする。

三月三日㈮

引き寄せし白梅の枝《え》が跳ね上がるかすかな音の林にひびく

今日は雛祭り。二十年くらい前の春の夜、妻が交通事故に遭って足を骨折し、そのまま入院することになった。朝になってそれを聞いた幼い娘が、とつぜん雛人形の前に正座をして、ずっと祈り続けていた姿が、今も目に残っている。

三月四日㈯

駅からのいくつかの道そのひとつ蠟梅の黄は下を向きおり

よく使う駅は、叡電の修学院駅。小さな無人駅で、カードを使って乗り降りする。「シュガークイン日録」というブログをときどき書いているが、この駅の名から取っている。宮沢賢治が、岩手からイーハトーブを作ったのを真似た。

三月五日（日）

まだ数えられる白梅　かたわらの紅梅の花数えきれざる

「日本有数の観光地」のように、「有数」は数が少なく、「無数」のほうが非常に多くなる。ちょっと矛盾しているようなおもしろさがある。「生前」と「生後」の関係も不思議で、前者はもう亡くなっており、後者は赤ちゃんの時期。

三月六日（月）

六角堂の池に飼わるる白鳥はみずからの背を強くついばむ

『梁塵秘抄』に「験佛の尊きは、東《ひんがし》の立山《たてやま》美濃なる谷汲《たにぐみ》の彦根寺、志賀長谷《はせ》石山清《きよ》水《みづ》、都に真近き六角堂。」という歌謡がある。六角堂（頂法寺）は、九百年も前から御利益のある寺として有名だったらしい。六角形の建物が美しい。

三月七日㈫

灰皿の小《ち》さき抽斗《ひきだし》が席ごとにありしは昔　新富士を過ぐ

ある賞の選考会のため東京へ。私が若い頃（三十年くらい前）には喫煙車があった。私も当時は煙草を吸っていたが、それでも煙が充満した車両は強烈だった。出張中はずっと上司の横に座り、指導を受け続ける。そんな時代であった。

三月八日㈬

ベッド掃除しました、とあり折り鶴の小《ち》さきが置かれいる部屋に寝つ

私が会社に入ったころは、出張で宿泊の予約をするのも新人の仕事だった。インターネットがない時代なので、あちこちのホテルに電話をして部屋を探す。安いホテルの電話番号が書かれたノートが、課の中で受け継がれていた。今では考えられないが、上司とツインの部屋に泊まり、遅くまで酒を飲む、ということもよくあった。

三月九日㈭

雨のあと登りきたりし寺庭に泥跳ねをつけカタクリが咲く

叡電に乗って、あるお寺へ。カタクリのほか、イカリソウなどの早春の花が咲いている。あまり人に知られたくないようなので、寺の名は書かない。以前お坊さんに「赤江瀑の小説に出てましたね」と言ったら、ちょっと嫌な顔をされた。

三月十日㈮

香れるを忘れおりしが空間にまた滲《にじ》みくる夜のヒヤシンス

妻が隣の部屋で水栽培をしている。小学校の理科で育てて以来、とても気に入って、毎年咲かせているそうだ。今の小学校でもやっているのだろうか。クラス全員の花の香りが、夜の教室に溢れている様子を想像すると、ちょっと恐ろしい。

三月十一日㈯

あの年も卯年なりしか年賀状残して去りし家を見たりき

テレビで見たのだろうと思っていた。ところが後でよく考えると、「テーブルに散らばってゐる年賀状のかたへに大き蛾が死んでゐる」（小林真代『Ｔｕｒｆ』）という震災の歌があり、そこから作られた記憶なのかもしれない。

三月十二日(日)

震災後会えざるままに柏崎驍二《かしわざききょうじ》さん逝けり辛夷《こぶし》咲く空

岩手県の歌人・柏崎さんの『北窓集《ほくそうしゅう》』は東日本大震災を詠んだ印象深い一冊。「流されて家なき人も弔ひに来りて旧の住所を書けり」。柏崎さんとずっと前に、名古屋で対談をしたことがある。植物が好きな人で、ママコノシリヌグイという金平糖に似た草花の話で盛り上がった。柏崎さんは二〇一六年にこの世を去った。

三月十三日（月）

コピーして河北新報の短歌欄送りくださりぬ一束残る

「歌壇」二〇一六年三月号の特集で、東日本大震災詠の百首選を担当した。「歌壇」編集部の奥田洋子さんに宮城県の新聞をコピーしていただいた。「前世とは震災前の世にてあらむうつつの被災地に咲く山ざくら」（畠山みな子）、「海を見て暮らす幸せ言いたりき友はその波にのまれてしまいぬ」（狩野ますみ）など、さまざまな人生と言葉がそこにあった。

三月十四日㈫

ねじ曲げられ積み上げられし海の辺《べ》を子とあゆみたり撮らざるままに

二〇一二年の夏、石巻《いしのまき》を旅した。津波の跡を見ておくべきだ、と高校生の息子に言って連れてきたのだけれど、自分一人だけで行くのは不安だったのかもしれない。一年が過ぎても、港は破壊されたままだった。夕暮れの海を見つつ、数キロをずっと歩き続けた。

三月十五日㈬

ようやくに癒えはじめたる人と行く法然院は山かげのなか

去年の九月に建てられた河野裕子さんのお墓に、半年ぶりにお参りに行った。「河」の字の点の一つが消えている！　よく見ると、石の穴に土が溜まっているのだった。意外に固い土を取り除いていると、中から白い虫が出てきた。冬ごもりをしていたらしい。ちょっとかわいそうなことをした。

三月十六日㈭

晴れの日の花屋は前にせり出せり錆びた台車にプリムラの咲く

「いいことだ　憂ひつつ花をもとめるのは／その花を頰ゑみつつ人にあたへるのはなほいいい」（安西均「花の店」）

三月十七日㈮

鹿が食べてしまうと聞けど菊の花挿しに行きたり石の左右に

これも法然院の話。翌日に行った人に聞いたら、すでに影も形もなかったそうである。太い茎だったのに、みんな齧ってしまったのだろうか。かなり苦そうだが、彼らにとっては春菊のように美味なのかもしれない。

三月十八日㈯

春の陽に前掛けしたる石仏の手は見えず手も薄れておらむ

旧暦の三月十八日は人丸忌。柳田國男の『一つ目小僧その他』の一節が忘れがたい。「わが国の伝説界においては、三月十八日は決して普通の日の一日ではなかった。……洛外市原野《いちはらの》において、この日が小野小町の忌日であった。……暮春の満月の後三日を、精霊《しょうりょう》の季節とする慣行はなかったのであろうか。」

三月十九日(日)

風強き夕べとなりぬ冬がまだ見ている夢のように水仙

若い頃はラッパスイセンしか知らず、先輩の歌人の岩切久美子さんに、「本当の水仙はもっと品がええんよ」とたしなめられた。「水雪に濡るる木屋町午後三時水仙の荷が解かれていたる」(岩切久美子『そらみみ』)。この歌が、歌会に出されたときだったかもしれない。確かに、白く清冽な花である。ラッパスイセンがかわいそうではあるが。

三月二十日(月)

一週間前は寒かりし夕暮れのパン屋にパンはまばらにならぶ

修学院の駅の近くに、うさぎのパン屋と呼んでいる店がある。パンで作った城があり、ぬいぐるみのうさぎが顔を出しているのが目印。幼かった娘はガラスに顔をつけて眺めていた。人気があるようで、昼過ぎには空っぽの棚が目立つ。

三月二十一日㈫

冬の間《ま》は門を閉ざしていた寺の塀のむこうに木蓮尖る

コロナで拝観中止になっていた寺が近くにある。ようやくこの春から開門するらしい。与謝蕪村の描いた、ひょろひょろとした線の墨絵が置かれていて、久しぶりに見に行きたくなる。飼われていた白黒の猫はまだ元気かな。

三月二十二日(水)

若き日を互《かた》みに知るは羞《やさ》しけれ衣ぶ厚き串カツを噛む

大学時代の友人と、大阪で久しぶりに飲んだ。あの頃は統一教会の勧誘が激しく、警戒するように学内でよく呼びかけられていた。童謡の「蜂が飛ぶ」の替え歌「ぶん、ぶん、ぶん、文鮮明」がクラスで流行ったねえ、という話になる。

三月二十三日㈭

蔵多き町に来たりぬ白壁のながく続くを夕陽は這えり

修学院あたりには、古くて大きな農家が多く、しばしば立派な蔵が建っている。蔵の屋根の下に「水」と書かれているのは火事に遭わないためらしい。「水」という文字に不思議な力があるという。見ていると、そんな気もしてくる。

三月二十四日（金）

古き曲いつも流せる焼鳥屋に妻と曲名当て合ういつも

八十年代のアイドル浅香唯さんは、私の通っていた中学校の一年後輩であった。運動会のとき、多数のカメラマンが詰めかけていたことを憶えている。デビュー前だったはずだが、絶対売れると予想されていたのだろう。懐メロ番組などで歌っている姿を見ると、今も華やかで、嬉しくなる。

三月二十五日㈯

夕空のさくらの花に身を隠しさくらの花を食べおり鳥は

梅にウグイスは多いが、桜と鳥を組み合わせた古典和歌は少ない。桜は友が無く、独りで咲く花なのだろう。「鶯の鳴く野辺ごとに来て見ればうつろふ花に風ぞ吹きける」（『古今和歌集』巻第二・よみ人知らず）。ウグイスは、桜が散った後に、悲しく鳴くのだった。ただ実際は、ヒヨドリやウソがよく来ている。

三月二十六日（日）

朝はまだ寒き厨《くりや》に苺切りいちごのなかの白をひらきぬ

ビートルズの「ストロベリー・フィールズ・フォーエバー」のストロベリー・フィールドとは、ジョン・レノンが幼い頃によく遊びに行っていた戦争孤児院の名前だと最近になって知った。第二次世界大戦の戦死者の子どもたちが住んでいたのだ。もしこの名前でなかったら、全く違う曲になったのだろうか。そう考えると不思議な感じがしてくる。

三月二十七日（月）

冬の空気剝がれたように野はありてオオイヌノフグリ青く光るも

幼い頃に買ってもらった植物図鑑に、「かわいた春の野原」というページがあり、さまざまな草花の絵が描かれていた。オオイヌノフグリもあった。「かわいた」という言葉が、なぜか印象的だった。別のページには水辺が描かれていて、セリの花などが咲いていた。植物図鑑と同じ花を、実際の野道で見つけたときの嬉しさは、今でもかすかに憶えている。

三月二十八日㈫

川べりを行けば普賢の白象の来たるごとしも夜の桜は

白象と言えば、宮沢賢治の『オツベルと象』も思い出される。

「『まあ、よかったねやせたねえ。』みんなはしずかにそばにより、鎖と銅をはずしてやった。

『ああ、ありがとう。ほんとにぼくは助かったよ。』白象はさびしくわらってそう云った。」

三月二十九日㈬

おびえつつ生きるは同じ　鶺鴒《せきれい》の水を踏みつつ水を離るる

若い頃は初対面の人と話すのがとても苦手で、出張で会議があるときは、どのような会話になるかを前日に想像し、何パターンか準備しないと不安だった。予想外のことを言われ、パニックになることも多かったけれど。ただ、年齢を重ねると、相手も緊張しているんだな、と気づくことが増えてくる。自分のほうがまず、相手に安心感を与えるようにしよう、と考えると、苦手意識は少し消えるようである。

三月三十日㈭

灯り消すボタンに迷う旅の夜はそのかたわらに眼鏡を置きぬ

どんなところでもだいたい眠れるので、きれいな所に泊まりたいという欲はほとんどない。ベッドと風呂さえあれば、多少ぼろくても気にならないのだ。ただ一度だけ、池袋のビジネスホテルの部屋が妙に不気味で、寒気がして、朝まで眠れなかったことがある。何かあった部屋だったのだろうか。結局確かめられなかったけれど。

三月三十一日㈮

小豆らはおとなしうして漏れ出さず　妻の焼きたる餡ぱんを食《は》む

昨年から体調が悪かった妻がようやく元気になり、お菓子作りを楽しんでいる。焼いている途中で餡が爆発することもあるらしいが、表面がつやつやとしていて、なかなか上手な仕上がりである。熱いうちに食べると、とてもおいしい。

APRIL

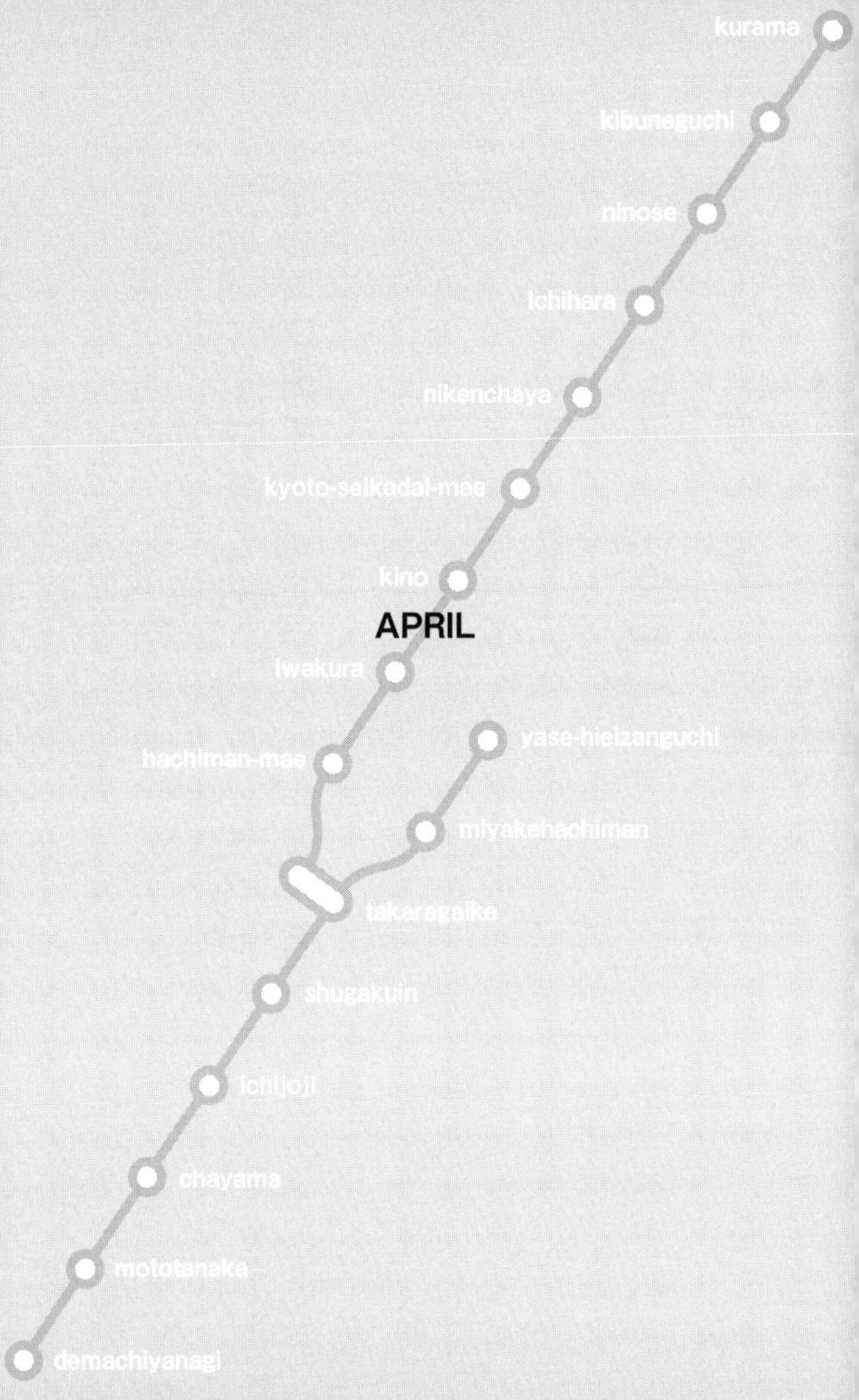
kurama
kibuneguchi
ninose
ichihara
nikenchaya
kyoto-seikadai-mae
kino
iwakura
hachiman-mae
yase-hieizanguchi
miyakehachiman
takaragaike
shugakuin
ichijoji
chayama
mototanaka
demachiyanagi

四月一日㈯

夜のうちに十センチほど積もりたる偽のメールをつぎつぎに消す

偽のメールにも、かなり巧みに作られているものがあり、「田中です。会議の資料を作ったので、確認してもらえないでしょうか。」という文面で、添付ファイルを開きかけたことがある。ウイルスが仕込んであるのだろう。田中さんと会議で一緒になることはないので、すんでのところで偽物だと気づいたが。「藤田」とかだったら騙されたかもしれない。

四月二日（日）

ゆるゆると歩める妻をふりかえる後ろにもまた桜がならぶ

長く続いた体調不良からすっかり恢復した妻であるが、長く歩くと息切れがするらしい。いつのまにか、後ろにいなくなっていることがある。道を引き返すと、道端の桜を夢中になってカメラで写していたのだった。

四月三日（月）

我が居ても居なくても散る桜なり橋より高く吹き上げられて

テレビで野球やサッカーの試合があるとき、自分が見ていると負けるように感じてしまうことがある。ＷＢＣのメキシコ戦も、これはもう負けるだろうと思ってテレビを消していたら、逆転していた。少年の頃からだが、自分が居ないほうがうまくいくのではないか、という疎外感にときどき襲われる。

四月四日㈫

微笑みを風に当てつつ自転車を漕ぐ少女ありまだ春休み

マスクをしていない人の姿を町で見るようになった。自転車に乗っているときは、他人から見られていないと思うからだろうか、感情が顔にはっきりと表れているのを見ることがある。何かいいことがあったのだろう、と一目で分かる少女が過ぎていった。

四月五日(水)

春の夜のうさぎのなかに人が居るように思えり脚で耳を掻く

うさぎの近くにぬいぐるみを置いておく。すると、いつも近寄って行って交尾を始めようとする。それが十年近くも続いているので、可笑しくも哀しい気分になってくる。人間ならばかなりの老齢のはずだが、交尾をしたいうちは元気なのだろうと思い、腰を振る姿を眺めている。

四月六日 ㈭

菜の花の収穫をする人ありて軍手のなかの刃物は見えず

菜の花畑はいかにも日本の春という感じがするが、油を搾るために植えられるようになったのは江戸時代のことだった。「いぶかしなやや春立ちしに女郎花《をみなへし》さきぬとおもふは菜の花ぞそれ」(田安宗武)。春なのに、秋の花のオミナエシが咲いていると思ったら菜の花だった、と歌っている。この頃は、菜の花畑はあまり見慣れない風景だったのかもしれない。

四月七日(金)

死者の汗吸いしもあらむ古着屋に春のシャツ買う青《あお》光沢《つや》に触れ

最近は四月になるとすぐに暑くなるので、春用の服を買っても、あまり着る機会がないままに終わってしまう。それでも毎年、春の服はつい買いたくなる。色が淡いものが多いので、古着だとしばしば汚れが気になるのだが、店内でよく探すと、なぜこんなに安いのだろうと思うものに出遇うことがある。

四月八日㈯

現像という語をながく使わざり色になる前の闇ありしこと

フィルムのカメラだった頃は、現像代も馬鹿にならなかったので、写真を撮る前に「これは写さなくていいか」と思ってシャッターを切らなかったものがたくさんあった気がする。せっかく写しても、ぼやけていたり、変な構図になっていたり。昔のカメラは〈後悔〉を生み出す機械でもあった。

四月九日(日)

山のほうへ少し歩いたところには水門ありて花を巻き込む

フィリパ・ピアスの「水門で」という物語が、中学校の国語の教科書に載っていた。学校教材を作る会社に就職した頃、問題を作るために読んだのだが、とても印象的で、挿絵とともに憶えている。嵐の夜に、父親が水門を閉めようとしたが、すでに困難になっていた。すると、戦場にいるはずの兄が助けてくれた。それを見ていた弟が、年老いてから記憶を語るという話。『幽霊を見た10の話』（岩波書店）に収録されているという。

四月十日(月)

預けたる銀のトランクも揺れおらむ春の疾風《はやて》のなかを降りゆく

故郷の宮崎県に帰省した。数年ほど前は、父が空港まで車で迎えに来てくれたが、皆で説得して、免許を返納させたので、バスを待つことにする。少し前まではプロ野球のキャンプで賑わっていたらしいが、もう落ち着いた空気が流れている。

四月十一日㈫

ふるさとに帰り来たりてひび割れし石鹸に触れ身体《からだ》を洗う

以前、学校教材を作る会社に勤めていた。小学一年生の国語で、白い石鹸の絵を見て、「せっけん」と書かせる問題を出したのだが、「今は石鹸を見たことがない子が多いんですよ」と先生から苦情を言われた。確かに、今は液体石鹸がほとんどで、知らないのは無理もない。「きっぷ」も見たことがない子が多いそうだ。小さい「っ」を書く問題を作るのは難しい。

四月十二日㈬

線香を寝かせる宗派　母眠る寺に入れば火は横に燃ゆ

線香の上げ方にもいろいろなしきたりがあることに驚かされる。淡路島のお盆に行ったときは、仏壇に三本立てると教えられた。ここでは死者のために、谷におにぎりを転がすという儀式もあり、その不思議な光景が忘れられない。

四月十三日㈭

夜の更けに目覚めたりしが水液に漬けられており父の入れ歯は

父は中学校の教師であった。教え子が卒業してからも見守るという意識が強かった。それはいいのだが、「○○は、△△の市役所に就職したげな」（宮崎弁）と、夕食中に唐突に嬉しそうに話し出す。その教え子を私たち家族は全然知らないから、共感しようがない。黙っていると、中学生の頃のエピソードを話し続けるので、気が滅入った。別の教え子から、ちょっと高すぎるんじゃないの、と思える商品を買わされ、疑問も持っていない父を見て寂しく感じたこともある。

四月十四日 ㈮

うりこひめのように記憶はすりかわりあの寺に行ったことないと言う

三島由紀夫のある長編で、六十年前に死んだ恋人のことを、老女が全く憶えていないというラストがあった。若い頃に読んだときは激しい衝撃を受けた。しかし今は、そういうこともあるだろう、という心境になっている。二十年、三十年前のことでも、一緒にいたはずの人と思い出が食い違うのは珍しくない。

四月十五日（土）

みつばちが蓮華をつつくところまで　散歩は大きな楕円をえがく

自然写真家の今森光彦さんの滋賀県のアトリエを、何度か訪問したことがある。里山の中の美しいところで、テレビでときどき紹介されることもある。今森さんの昆虫の写真はすばらしく、空中を飛ぶミツバチが小鳥くらいに拡大されている一枚があるが、ピントがみごとに合っていて、体毛までくっきりと見える（写真集『里山物語』新潮社）。レンゲ畑に一日じゅう寝転んでミツバチを撮影していて、何という暇人《ひまじん》かと、農家のおじさんに呆れられた、という話を聞いた記憶がある。

四月十六日(日)

おぼろ月の大きかりしが高空《たかぞら》に縮まりており駅から帰る

光源氏は、朧月夜の女と扇を取り替えて別れる。女が誰かは分からない。後日、源氏は酔ったふりをして「扇を取られて辛き目を見る」という替え歌をうたいつつ宴席を歩く。事情を知らない女房は「変な歌ね」と反応する。だが一人だけ、ため息をもらす人がいる。源氏は近づいて「あなたですね」と手を握る。この場面、ミステリのような妙味がある。

四月十七日(月)

八重桜まだ残るころ駅名がはばたくように窓を過ぎたり

村上春樹さんの『猫を棄てる』を読み、京津線の御陵駅あたりの踏切で、祖父が事故で亡くなったことを知った。一九五八年の夏だったという。私も若い頃、その近くのボロ家に住んでいたので驚かされた。御陵は「みささぎ」と訓《よ》み、天智天皇陵の森が駅の背後に広がっていた。今は地下鉄になり、赤く錆びた無人駅は消え去った。

四月十八日㈫

葉桜の中より二、三はなびらの落ちることありジャケットを脱ぐ

葉桜といえば二つのミステリが思い浮かぶ。一つは歌野晶午の『葉桜の季節に君を想うということ』。あまりにも意外すぎるラストはいつまでも胸の中に澱《おり》を残す。もう一つは太宰治の短編「葉桜と魔笛」。これもミステリと言って差し支えないだろう。聞こえるはずのない「魔笛」が聞こえた真相が、じつにもの悲しい。

四月十九日(水)

富士を撮るひとのスマホに白たえの尖りが浮かぶ隣の席は

今日は、現代歌人協会の公開講座で、私の第一歌集『青蟬』(一九九五年)について石川美南さんが講演してくださる(東京・学士会館)。とても嬉しい。当時とは、だいぶ時代が変わったと思う。「ハンバーガー包むみたいに紙おむつ替えれば庭にこおろぎが鳴く」という歌があるが、「紙おむつ」を短歌に詠むのは恥ずかしい、という反応もあったのだ。

四月二十日㈭

水と木のよく似たる字を間違わず二千週ほど生きて来たりぬ

中学生の頃のテストで、TuesdayとThursdayのどちらが火曜か木曜かで悩んだ記憶がある。欧米などから来ている人は、水曜と木曜を混同することが多いのではなかろうか。

四月二十一日㈮

道ひとつずれれば知らぬ町となり塀の付け根にホトケノザ咲く

私の住んでいるあたりには細い道が多い。山が近く起伏が多いので、道が複雑になるようだ。息子が小学校に通っていた頃は、毎日いろいろな道を探して帰ってきた。息子は「近道」だと言うが、どう見ても遠回りのルートばかりだった。今は、当時の息子に教えられた道を散歩することが多い。ぐねぐねとした道には、いろいろな春の花が咲いている。

四月二十二日㈯

亡くなりしのちに批判をする人を寂しめりわが死後にもあらむ

身近な人ほど嫌な面が見えて、逆に距離のある人は良い面が見えやすい、というのはしばしばあることだろう。美しい山も近づけば岩だらけだ。ただ、人が亡くなった後に、近くにいた人がそれを語り始めるのは、とても見苦しく感じる。

四月二十三日(日)

ごるごると銀の把手《とって》をまわしつつ珈琲を挽く春の朝《あした》に

数年前に買った手動のコーヒーミル。一杯飲むのに、大根おろしを作るくらいの労力がかかる。面倒なので、粉を買ってくるときも多い。ただ、たまに使うと、いつもより集中してコーヒーを味わう気分になる。音楽もそうで、今はネットで気軽に聴けるが、昔のレコードはずいぶん手間がかかった。そのぶん、聞き流さずにじっくり聴いていた気がする。

四月二十四日（月）

背表紙は暗き林のごとく立つもう読む時間《とき》の無きか無からむ

若いころに（一応）読んだハイデッガーの『存在と時間』などが書棚に並んでいる。もう一度読めば、いろいろな発見があるだろうなと思う。しかし、今は仕事に追われていて難しい。それに比べて、歌集（句集や詩集も）は気が向いたときに、一日くらいで読み返すことができるのがいい。同じ言葉なのに、自分が変化すると、さまざまな表情が浮かび上がる。それが詩歌のありがたさだと言えよう。

四月二十五日㈫

「行」を消し「様」に直せり春雨の音の弱りて投函に行く

会社の上司に○○弘行さんという人がいた。往復ハガキを出すと、ときどき「行」が消されて「様」に直されて戻ってくる。「俺はヒロシじゃねえ」とよく怒っていた。「隆行」や「清行」など、同じような被害に遭っている人は、全国に何人もいるのかもしれない。

四月二十六日(水)

たんぽぽの絮《わた》の透けつつ心棒の見ゆるさびしさ川辺の道に

「さんぽぽ」という言葉を使っている歌があってとてもおもしろかったのだが、検索してみると、「青森市つどいの広場『さんぽぽ』」などがすでに存在する。こうした言葉のアイディアで成立している歌の評価は難しい。前例があると褒めにくいのだ。ただ、オリジナリティーを厳格にしすぎると、歌が作れなくなってしまう。悩ましい問題である。青森市の「さんぽぽ」には一度行ってみたい。

四月二十七日㈭

本を読む眼鏡のままに顔を上ぐ春の比良山淡く流るる

「労働はいまや、忙しさという価値を消費する行為になっている」（國分功一郎『暇と退屈の倫理学』）

なるほどなあと思う。忙しくしていないと恥ずかしいという感覚は、私の中にも確かにある。数日でも、仕事がない状態だとすごく不安になってしまうのだ。「お忙しそうですね」と他人に言われて嬉しくなるという心理は、相当病んでいるのかもしれない。

四月二十八日㈮

坂道に地下の店あり細き陽は運ばれきたるパスタを照らす

私の勤めていた会社は京都が本社で、東京が支社だった（そんな会社は意外に多いらしいが）。「鰻坂《うなぎざか》」という長い坂の上に東京支社はあり、夏は着くまでに汗だくになった。地下に降りたのに、別の入り口から出ると一階になるというちょっと不思議なつくりの店が近くにいくつかあって、よくランチを食べた。

四月二十九日㈯

母短命、父は長命　歩道橋の柱あたりにナズナが群るる

今日は父の誕生日。昭和天皇と同じ日の生まれである。宮崎県都城《みやこのじょう》市には、知覧《ちらん》ほど有名ではないが特攻隊の基地があり、子どもだった父は、飛び立ってゆく戦闘機を見送りに行ったことがあるという。父方の祖父は、不発弾の処理に行ったが、急に爆発して吹っ飛ばされたらしい（幸い無事だった）。戦争は遠い昔のようでもあり、かなり近い時代のようにも感じられる。

四月三十日(日)

春雨に打たれて頭でっかちのポストが立てり手紙挿しこむ

荒川洋治氏が「ポスト不信症」という文章を書いておられた。一九七九年のエッセイで、思潮社の現代詩文庫『荒川洋治詩集』に収録されている。人目につかない所に立つポストに手紙を入れた後、本当に集めに来てくれるのか不安になる、というのだ。この症状、よく分かる。私も、投函したハガキがポストのどこかに引っ掛かっているのではないか、と何度か覗きこんでしまう。これでは不審人物と思われそうだ。可能なときは郵便局の窓口で手渡す。

MAY

kurama
kibuneguchi
ninose
ichihara
nikenchaya
kyoto-seikadai-mae
kino
iwakura
yase-hieizanguchi
hachiman-mae
miyakehachiman
takaragaike
shugakuin
ichijoji
chayama
mototanaka
demachiyanagi

五月一日(月)

うすあおき目薬の壜にすこしずつ空気の増えて春は過ぎゆく

高い目薬を買うより、安い目薬を買って、新鮮なうちに使い切るほうがいいのだそうである。古い目薬を注すのはよくないので、一か月くらい過ぎたら捨てよ、という。しかし、あの小さな壜でも、一か月で使ってしまうのは難しい。壜も赤や緑など美しいものが多く、つい手元に残してしまう。

五月二日㈫

曇天に触るることなき低さにてナズナは白き花を点《つ》けおり

先月の「ＮＨＫ短歌」の収録では、ナズナ（ペンペン草）の歌の説明のために、家の周りで摘んで東京まで持っていった。すぐに枯れるので、水の入った壜に挿し、ビニール袋で三重に包んで新幹線に乗ったのである。幸い水はこぼれず、撮影のときも元気に小さな花を咲かせていた。実物があって分かりやすかった、とテレビを観た人から言われて嬉しかった。

五月三日㈬

人の見ぬ花は涼しもクルミの木みどりの房を空より垂らす

家の近くの公園に、大きなサワグルミの木が立っている。春になると、紐のような花房をたくさんつけるのだが、気づく人はあまりいない。娘が幼稚園児だったころ、「あたちはねえ、この木がいちばんすき」と言ったことがある。成長してからは、花にほとんど関心を持たなくなってしまったけれど、あの一瞬は、ずっと記憶に残っている。

五月四日㈭

説得を途中でやめし会議なり濡れたグラスに紙が貼りつく

どうしても通したい企画がある場合、自分にはどちらでもいいのだが賛否が分かれる論点をわざと作っておき、そちらに議論が集中して皆がへとへとになったころ、「では、この件はどうしましょう。こういう方向で対処してよいでしょうか」と切り出すと、すんなり通るということがよくあった。あざといことをしていたと思うが、年長者が威張っている会議の場合、そういう作戦を考えないと、なかなか決まらないのである。

五月五日㈮

回したら逆立ちをする独楽《こま》ありき故郷の廊下は遠くなりたり

正月に親戚が集まったとき、独楽回しが始まったことがある。紐を独楽に強く巻いて、空中でさっと引くと、土の上で勢いよく回転する。父の弟の息子は上手に回していた。しかしその子よりも年上の私は、いくら教えられても、全く回すことができない。自分の子はなんて不器用なんだろうと、父が恥ずかしく思っているのが、私にも伝わってきて、情けなくてたまらなかった。あれから紐で回す独楽に手を触れたことがない。今なら回せるのだろうか。

五月六日㈯

三千円ぶんの磁力をカードへと与えていたり夕べの駅に

叡山電車の駅はだいたい無人であり、自動改札機もない。ホームに、カードを触れるための機械が置いてあり、そこにピッとしてから電車に乗るのである。降りるときは電車の中のカード読み取り機にタッチする。他ではあまり見ないシステムなので、とまどう人が多いようである。これを読んだ人は、京都に行くときに思い出してください。

五月七日（日）

春雨のやみたる雲の畳まれて愛宕《あたご》の山のうえに居座る

京都盆地は、東に比叡山、西に愛宕山がそびえている。二つの山が喧嘩して、比叡が愛宕を殴ったため、コブができたぶん、愛宕が高くなったという昔話があるそうである。比叡山は近いので何度も登ったが、愛宕山はまだ登ったことがない。

五月八日(月)

夕闇のなかに見えざる鋼索を垂らせるらしもクレーンは立ちて

三十数年前に買った「タックス・フリー」というバンドのCDが手元にある。「赤と白のクレーンが頭そろえて眠るころ……」という歌詞で曲が流れだす。初期のTMネットワークに近い雰囲気と言えばいいか。しかし、このCD一枚を出して解散してしまったようだ。ネットで調べても、それ以降のことは全くと言っていいほど分からない。赤白のクレーンを見ると、このCDを思い出す。

五月九日㈫

京に居て京の土産を買いにけり木彫りの蝉に木の羽尖る

銀閣寺へ向かう道に、木彫りのアクセサリーを売る店がある。鳥や花や動物などが、かなりリアルな感じに彫られている。槐《えんじゅ》の木を彫った蝉のブローチがあり、衝動買いしてしまった。蝉は好きだが、なかなかこうしたアクセサリーは見つからないのである。布の鞄に付けて出歩いている。「京にても京なつかしやほと、ぎす」（芭蕉）

五月十日(水)

昨夜《ゆうべ》から降りつづけたる雨霽《は》れてカラス啼きおり空の二箇所に

エレクトリック・ライト・オーケストラ（ELO）の「ミスター・ブルー・スカイ」という曲が好きである。一九七七年のイギリスの曲だが、今でもテレビのCMにときどき使われる。「青空《ミスター・ブルー・スカイ》氏、教えてくれ、なぜそんなに長く隠れていたの？　僕たちはどこで間違えたんだろう」（拙訳）

五月十一日㈭

あおぞらは屋根のあいだに垂れており交尾隠さぬ鳥の声ごえ

鳥の先祖は恐竜だという。ティラノサウルスやトリケラトプスやプテラノドンなどがいっせいに交尾をしていた白亜紀の平原を思う。壮大ですさまじい。

五月十二日㈮

韮《にら》折りて袋に入るる夕つかた疲れおり辛き鍋をつくらむ

四川料理が好きで、辛い麻婆豆腐は自分でもよく作る。もちろん、市販のレトルト食品ではない。豆板醤《とうばんじゃん》や甜面醤《てんめんじゃん》や豆豉醤《とうちじゃん》などを混ぜて、赤々とした色に仕上げるのである。麻婆豆腐は煮るのではなく、焼くのが大事なのだそうで、片栗粉で固めて、強く火を入れる。ただ、私は下手なので、このときにどうしても豆腐が崩れてしまう。今後の課題である。

五月十三日㈯

危うさを聞きし法律の決まりたり車窓を崖の過ぐるはやさに

マイナンバーカードの保険証利用や入国管理法改正、原発六十年超運転など、私の乏しい知識でも恐ろしさを感じる法案が次々に通ってゆく。何も知らないうちに、とんでもないところに連れていかれるのではないか。そんな不安感が社会を覆っていて、人間の活力を奪っているように思う。

五月十四日（日）

アボカドの種をはずせば軟らかく凹《くぼ》みぬ　何もしなかった今日

今日は母の日。母も少しだけ短歌を作っており、亡くなった年にこんな歌を詠んでいた。「散歩だとふらりと出でし息子より母の日近いと花束もらう」（吉川信子）。ゴールデンウィークで私は帰省していたのである。

五月十五日 (月)

暮れ方は睡蓮の葉の切れ間より白鯉の背のおりおりのぞく

今日は妹の誕生日。私が結婚しようとしたとき、母はかなり反対した。二十四歳でまだ早かったし、故郷で結婚することを望んでいたらしい。すると妹が「お兄ちゃんはこの機会を逃したら、一生結婚できないかもしれない」と言って説得したのだそうである。ありがたいような、ちょっと憮然とするような話を、後になって聞いた。

五月十六日(火)

雨の日の電車の音が本のなかまで響きつつ死を二つ読む

ミステリ作家の綾辻行人氏は、大学時代の先輩で、京都にお住まいである。氏はマジックの達人でもあり、三十数年前、目の前で見せていただいたことがある。手を握るように指示された。呪いのマジックなのだそうで、紙に手の絵を描き、綾辻氏はそこに煙草の火を押し当てた。私がてのひらを開くと、いつのまにか真ん中に灰が付いていたのである。

五月十七日㈬

奥之院よりくだりきて坂と坂かさなるあたりどくだみが咲く

京都は観光客が増えすぎて、バスに乗れずに大変なことになっているという。まあ、バスに乗らないことが大事である。京都駅から地下鉄で蹴上《けあげ》という駅まで行き、そこから南禅寺を通り、銀閣寺あたりまで歩くコースを、私ならお勧めする（やや健脚向き）。山の緑が美しく、京都の懐《ふところ》に抱かれる感じがする。

五月十八日（木）

十日ほど秘仏を見せる寺のあり桜青葉は雨に濡れゆく

この歌の秘仏とは別だが、奈良の秋篠寺には大元帥明王という秘仏があり、毎年六月六日に開帳される。見に行きたいと思うのだが、いつも忘れてしまう。今年はカレンダーに書いておこう。たしか梅原猛が書いていたのだが、戦時中にこの仏像の前で秘法が行われ、ルーズベルト大統領に呪いをかけたのだそうである。彼は一九四五年四月に急死した。

五月十九日㈮

爆死という言葉を聞けど血や肉を思わず過ぎし　言葉は暗幕

言葉は便利すぎると感じることがある。「南部ヘルソンで砲撃、21人死亡」というニュースだけでも、何が起きたか、理解したつもりになってしまうのである。

五月二十日(土)

このごろの灯はリモコンで消すんだよ　亡きひとの本寝る前に読む

河野裕子さんの出生地である熊本県御船町《みふねまち》に歌碑が建てられ、今日が除幕式。「中村と井無田《ゆみた》のあひだの泥田圃《ずつたんぼ》記憶のままにあをく広がる」(『母系』)。河野さんが久しぶりに郷里を訪れたときの歌。「ずつたんぼ」という響きが心に残っている。今でもこの泥田は残っているのだろうか。ぜひ見に行きたいと思う。

五月二十一日(日)

少し前まで新緑と思いしが粘り気のある匂いただよう

ＮＨＫ短歌の放映日。今回のゲストは、フォトグラファーのヨシダナギさん。アフリカの少数民族などの写真を撮られている。写真集『HEROES』を拝見したが、大自然の中で生きている人間の、神々しいまでの美しさに圧倒された。アフリカにいると、土地のさまざまな匂いが身体に沁み込んでくると、ヨシダさんは語っていた。

五月二十二日（月）

ふかぶかと雲の殖えゆくゆうぞらに内海のごとき青あらわるる

「内海」は「ないかい」とも「うちうみ」とも読めるが、ルビはつけたくない。両方で読んでほしいと、ちょっと欲張りなことを考えている。私の故郷の宮崎市に、内海《うちうみ》という小さな港町がある。たしか小学生のとき、魚市場の見学に行った。オコゼか何かだったと思うが、不気味な魚がコンクリートの床に並べられた光景が、今も脳裡に残っている。

五月二十三日㈫

空に在るときには見えぬ紫斑もつ桐の花なり土に散らばる

桐の木の花が遠くに咲いているのは高貴で美しいが、近くで見ると、かなり毒々しい色をしている。花びらの中に黄色い部分があり、そこに紫の点々があるのが気持ち悪い。『源氏物語』について「歌壇」で連載しているが、光源氏はそういう人なのかもしれない。

五月二十四日(水)

バフムトとう自らの街を砲撃す　暗緑の砲が反動に揺る

去年まではウクライナだった街が、ロシアに占領され、今は奪回のためにウクライナ軍の砲撃を受けている。そのために使われている兵器は、イギリスなどから提供されているという。ウクライナの一般市民はまだそこに生活しているのではないか。ウクライナ軍によって、ウクライナの市民が誤爆される危険はないのだろうか。そのようなことにならないよう、おそらくさまざまな努力がなされているのだろう。しかし、そういう疑問に答えてくれる報道は少ない。

五月二十五日㈭

わが顎のレントゲン写真しろじろと兵のごとくに歯は並びおり

数か月に一度、歯の検診に行く。左右に親知らずがあり、痛くなったら抜かないといけません、と医師に言われている。抜くとなると、かなり大変な手術になるらしい。今のところ、まだ痛みはない。時限爆弾みたいなものだが、私が生きている間は作動しないことを祈っている。

五月二十六日㈮

目覚めたるばかりの指にほうれんそう絞れば暗き水したたりぬ

「長すぎる昼寝は、砂漠のように精神を吸い取ってしまう」というような言葉を、海外の小説で読んだ記憶があるのだが、誰の本だったか思い出せない。たしかにときどき、いくら眠っても眠り足りない状態になることがある。

五月二十七日㈯

句集とはこんなにも字の大きくて櫨のなかなる七まで見ゆる

詩歌文学館賞の授賞式で、岩手県の北上市に行く。私は短歌部門の選考委員を務めた。今年の受賞作は、小池光さんの『サーベルと燕』。おめでとうございます。俳句部門の受賞者・星野高士さんとも以前からお会いすることが多く、とても嬉しい。今日も酒席で楽しくお話しできそうである。「切干や箸置きもなき地下酒場」（星野高士『渾沌』）

五月二十八日（日）

かたつむりの入り口に膜張りたるを幼き日見しそれからは見ず

今日は岩手県の遠野市へ。遠野へ行くのは二度目だが、柳田國男の『遠野物語』の地に行くのはやはり心が躍る。小学校の国語教科書にその一部が掲載されていたのはよく憶えている。「遠野にては山中の不思議なる家をマヨヒガといふ。マヨヒガに行き当たりたる者は、必ずその家の内の什器家畜何にてもあれ持ち出でて来べきものなり」。この怪異な世界に心惹かれて、文庫本の『遠野物語』も買ってもらった。小学生には難解な文章だったけれど、河童やザシキワラシやオシラサマなどの存在を、今の私よりもなまなましく感じていたように思う。

五月二十九日（月）

三音《さんおん》を繰り返し鳴く鳥のあり山を行きつつ妻は真似する

「昔ある長者の娘あり。またある長者の男の子と親しみ、山に行きて遊びしに、男見えずなりたり。夕暮れになり夜になるまで探しあるきしが、これを見つくることを得ずして、つひにこの鳥になりたりといふ。オツトーン、オツトーンといふは夫《をっと》のことなり。末の方かすれてあはれなる鳴き声なり。」（柳田國男『遠野物語』）

五月三十日㈫

子の働く街に電車は近づきぬ多忙を聞きて過《よ》ぎりゆくのみ

映画『ニュー・シネマ・パラダイス』に、イタリアの田舎町の映画技師の老人が、息子同然に育てた青年に、「おまえは大都市で映画の仕事をするべきだ。ここにはもう帰ってこなくていい。おまえの作品の評判を、遠くで聞いていたい」と語りかけるシーンがある。私も自分の子を、そういうふうに送り出したいと思っていたが、実際にそうなってみると、やはり寂しいものである。

五月三十一日㈬

人類の滅びしのちも核残り這いゆく虫にボタンは押せず

今月はG7が開催され、各国の首脳が広島平和記念資料館を訪れた。G7が終わっても、核の危機は今までと全く変わらないように見えるけれど、十年後、二十年後に、今回の会議が大きな意味を持つことになるのかもしれない。甘い見方だろうか。核廃絶がすぐには実現しない世界の中で私たちは、不安を抱えつつも、完全な絶望には陥らずに生きていくしかないのである。

JUNE

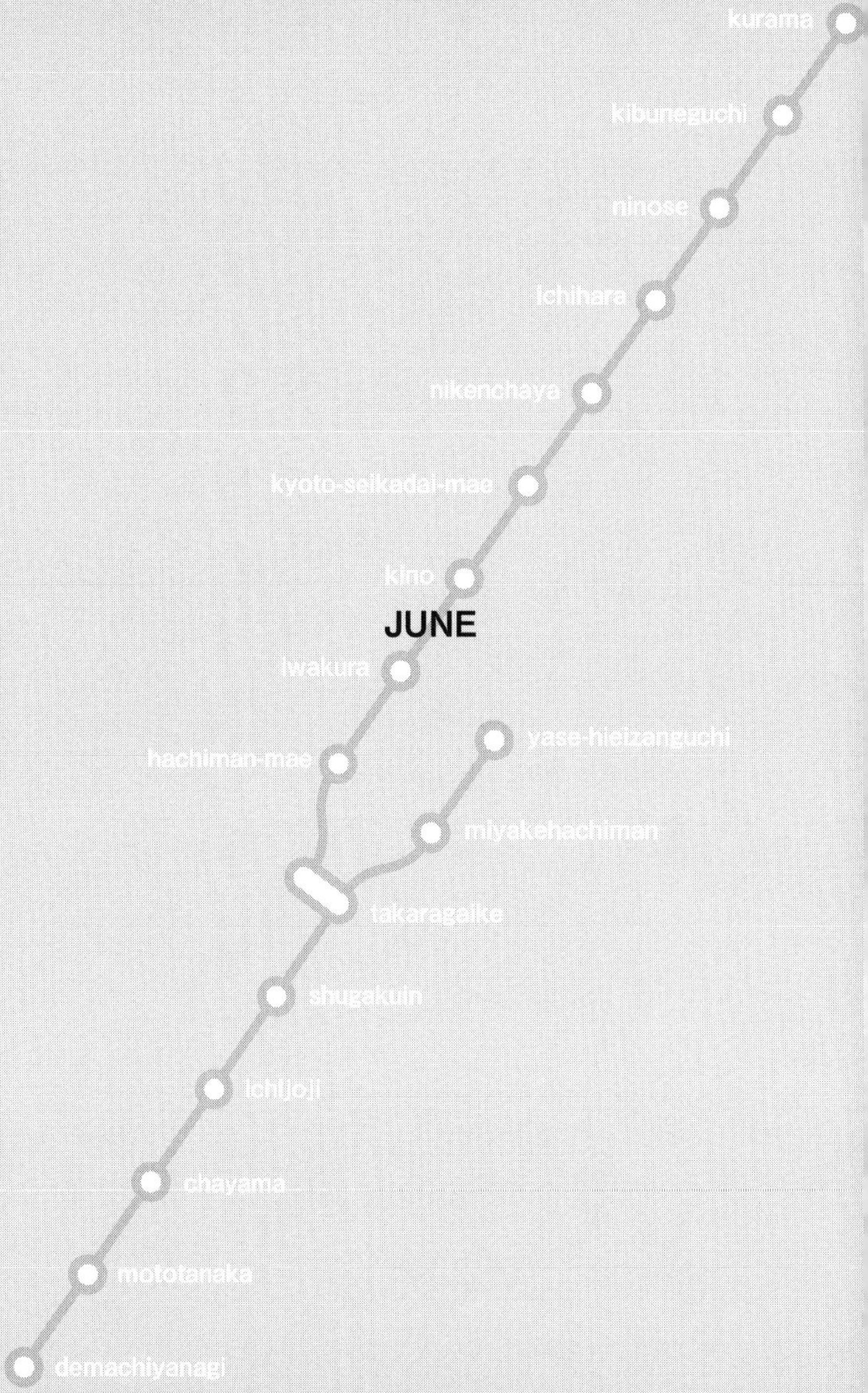
kurama
kibuneguchi
ninose
ichihara
nikenchaya
kyoto-seikadai-mae
kino
iwakura
hachiman-mae
yase-hieizanguchi
miyakehachiman
takaragaike
shugakuin
ichijoji
chayama
mototanaka
demachiyanagi

六月一日㈭

わが点《とも》す夜の更けの灯は鳴きわたるほととぎすの目にいかに映らむ

五月の半ば頃から、夜中にほととぎすが鳴くのをしばしば聞くことがある。ケケケケケというふうに聞こえる、鋭い声である。「ほととぎす鳴きつる方を眺むればただ有明の月ぞ残れる」（後徳大寺左大臣）は、小倉百人一首の中でも、平明で素直な感じのする歌で、私は特に好きである。この頃の平安京は、電灯もなく真っ暗闇で、月の光は今よりもずっと明るく空に広がっていただろう。

六月二日㈮

夕べ読む本に引きゆく鉛筆の線なみうてり電車の揺れに

ずっと前に買ったのだが、途中で挫折してしまったバタイユの『エロティシズム』に再び挑戦している。エロティシズムという、よく知っているはずなのに、じつは分かっていないものを、濃密な文章で思索している一冊である。「私たちは不連続な存在であって、理解しがたい出来事のなかで孤独に死んでゆく個体なのだ。だが他方で私たちは、失われた連続性へのノスタルジーを持っている。」（酒井健　訳・ちくま学芸文庫）

六月三日(土)

亡き人を語り帰りぬ白く輝《て》るチガヤの群れは川辺につづく

もう二週間前になるが、熊本県の御船町に、河野裕子さんの歌碑が建立され、除幕式が行われた。御船町の七滝《ななたき》は、河野さんが生まれ、三歳まで暮らした山深い土地である。講演会も午後から開かれ、河野さんの思い出や歌について話をした。「秋茄子をいくつも焼きてゐるうちに点さぬ家内《やぬち》もう昏れてをり」(『家』)。焼き茄子を作るという、日常の中の些細な出来事。しかしそれも生きている時間の中でとても大切な行為であって、それを体感的な言葉で歌うのが短歌では重要なのだ、ということを、河野さんは私たちに繰り返し伝えてきたように思う。

六月四日㈰

青葉木菟《あおばずく》声の消ゆるに寝むとする闇のなかよりふたたびを鳴く

青葉木菟はフクロウの一種。夜中にホッホ、ホッホと鳴いている。山奥でなくても、神社の森などがある町なら、意外に棲んでいることが多いようだ。私たちが気づかないだけで、野生の生き物たちは、ひっそりと隠れて生きているのである。「あをばというふ山の鳥啼くはじめ無く終りを知らぬさびしき音《ね》なり」（若山牧水『独り歌へる』）

六月五日(月)

雨の夜は雨ににおいを溶かしつつ栗の花咲く線路の向こう

栗の木は、縄文時代から植えられていて、貴重な食糧になっていたという。古代の人々も、あの粘っこい、噎《む》せ返るようなにおいを嗅ぎながら、夜を過ごしていたのだろうか。「栗の花ときどきつよく匂ひくる厨にて過去に連想うごく」(遠山光栄『褐色の実』)

六月六日㈫

ゆうぐれの軒に燕は滑り入り眠らざる口に虫を挿しこむ

十年くらい前、近所の商店の入り口から少し入ったところに、燕が巣を作った。自動ドアがあるのだが、燕はセンサーの前でしばし空中に静止し、ガラスのドアを動かすのである。賢いものだなあ、と子どもと一緒に見上げた。ここなら天敵も入ってこられず、安心だろう。しかし、その店はやがて無くなってしまった。今年も燕は町にやってきて、別の店の軒先に巣を作っている。

六月七日㈬

枇杷の木にまだ青き実のむらがりぬ今日は日暮れに晴れはじめたり

小学校の頃は体が弱く、体育館の朝礼で校長先生の長いお話を聞いていると、よく貧血を起こして保健室に連れていかれた。一時間ほどベッドで休むと治るのだが。図書室でアウシュヴィッツの本をたまたま読んで、気分が悪くなったこともあった。保健室の先生はかなりのおばあさんに見えた。枇杷茶を愛用していて、いつも飲まされた。「大きくなったら、体は変わりますよ」と言われた。あの頃は信じられなかったが、貧血で倒れることは、いつかなくなっていった。

六月八日㈭

買いしのち本に埋もれていし本を亡くなりたれば夜《よ》の更けに読む

原寮《りょう》氏が亡くなった。『私が殺した少女』は好きなハードボイルド小説で、誘拐事件の身代金の受け渡しに失敗し、人質を死なせてしまった探偵が、事件の真相を探るというもの。その続編の『さらば長き眠り』も買っているのだが、なかなか読む機会がないまま、十年くらい時間が過ぎてしまった。知り合いでないかぎり、作者が生きていても亡くなっていても、書物に何の変化もないはずだけれど。

六月九日㈮

蒼暗く路にうずくまる鴉あり近づきゆくに首のみ動く

『カラスの死骸はなぜ見あたらないのか』という、一九九三年に出た奇書がある。筆者はＵＦＯ研究で有名な矢追純一氏。たくさん存在するはずのカラスの死骸を見た人が少ないのは、一瞬で消滅してしまうからである、という説がマジメに語られている。よく出版できたものだと思うが、私は当時つい読んでしまった。弱ってきた鳥などは、すぐに他の動物の餌食になってしまう、というのが真相らしい。

六月十日㈯

青空をさえぎりてまた透けている楓若葉の山道を行く

京都北山にある夜泣峠《よなきとうげ》に十数年ぶりに登った。平安時代に、惟喬《これたか》親王という天皇になれなかった親王がいたのだが、幼いころ、なぜか夜に山を越えることがあり、泣きやまなくなってしまった。この峠のお地蔵さんに祈ったところ、夜泣きが止まったという。今も小さな祠が残っている。叡山電車の二ノ瀬駅から歩いて三十分ほど、薄暗くひっそりとした山道である。

六月十一日(日)

梅雨のあめ夜半《よわ》にやみたりチッチッと時計の針の音よみがえる

北原白秋の『桐の花』(一九一三年)に「霊《たましひ》の薄き瞳を見るごとし時雨の朝の小さき自鳴鐘《めざまし》」という不思議な歌がある。この頃にはベルのついた目覚まし時計が国産で売り出されていたらしい。どれくらいの値段だったのか。「NHK短歌」の編集の方《かた》が調べてくれて、今ならば二万から三万円くらいでしょう、とのこと。寝坊をしない安心感のために、それくらいのお金を出す価値はあったのだろう。

六月十二日㈪

雨霧の覆いゆけども浮き上がる山膚のあり暗き緑に

ベランダから瓜生山《うりゅう》が見える。ここには狸谷山《たぬきだにさん》不動院というお寺がある。昔から狸が多いところなのか、お寺の長い石段には、狸の置物がいくつも置かれている。ネットで調べると、清水《きよみず》の舞台と似た御堂があるため、一部では人気があるらしい。清水寺は観光客が多すぎて、落ち着いて参拝できないという。とても静かなところなので(薄暗くてちょっと不気味だが)、こちらの舞台に登るのもいいかもしれない。

六月十三日㈫

風中にうすあおき身を差し入れて蜻蛉は人を避けつつ飛べり

斎藤茂吉に「お茶の水を渡らむとして蜻蛉らのざつくばらんの飛《とび》のおこなひ見つつかなしむ」（『あらたま』一九二一年）という歌がある。「ざつくばらん」という俗語を、短歌の中で使う試みがおもしろい。茂吉はこの歌だけで終わっているが、木下利玄の歌には同様の手法がしばしば見られる。「遠足の小学生徒有頂天《うちやうてん》に大手ふりふり往来とほる」（『紅玉』一九一九年）の「大手ふりふり」などがその一例である。

六月十四日㈬

道凹《みちくぼ》にきのうの雨の残りつつ草麦はしろき実を散らしおり

カラスムギは好きな草の一つである。燕麦《えんばく》とも呼ばれる。実に二本のひげがあって、ツバメの形に似ているからこの名が付いたらしい。マルクスの『経済学批判』を読んでいると「燕麦」が出てきて、何となく懐かしく感じたことがあった。道端に生えているものも食べられるらしいが、まだ試したことはない。

六月十五日㈭

この棋士もやがては老いて負けゆかむAIのみが衰えざるを

小池光の歌集『静物』（二〇〇〇年）に〈「将棋に人生を持ち込むと甘くなる」羽生善治言へりわれら頷く〉という歌がある。羽生さんの全盛期の歌である。その羽生さんが藤井聡太王将に敗れてしまう（非常に粘ったけれども）。この前、小池さんに、最近の将棋は見ていますか、とお聞きしたところ、「もう見てないね」ということだった。

六月十六日㈮

闇のなか泡のごとくに浮かびくる螢のありて妻を呼びたり

京都の「哲学の道」には六月になると螢が出る。雨が降った後は、木の葉に付いた水滴に街灯の光が当たって、紛らわしいのだが、八時ごろになると宙を飛びはじめて、見分けがつくようになる。今年は十匹くらい見つけることができた。子どもが幼い頃に、よく連れて来たことを思い出す。

六月十七日(土)

今までは何とかなったが次はどうか　湯につかりつつ指皺《しわ》みおり

何度か経験して、慣れたつもりになっている仕事がある。ところが、以前にやったときよりも、自分の体力が落ちていたり、状況が変わったりしていて、同じように進めると失敗してしまうことが多い。かつてうまくできたことのある仕事ほど怖いのである。

六月十八日(日)

一週間前乗りし電車の大水《おおみず》に遭いしを聞けり深き雨音

会社に勤めていたころ、出張中の豪雨で、新幹線に数時間閉じ込められたことがあった。車内販売があっという間に売り切れ、腹が減って困った。それ以来、天候が不安なときは食べる物を少し買って乗るようにしている。ただ、苦しくつらい会議に出席しないで済んだので、ほっとした気分で雨の車窓を眺めていた。

六月十九日（月）

群衆を見ていしか否か祭礼の馬の黒眼はつやめきて過ぐ

もう一か月以上前になるが、葵祭を見に行ったときの記憶である。コロナ禍でずっと中止されていたが、四年ぶりの開催となったので、行列の通る道には、おびただしい数の人間が押しかけていた。それを見てもおびえた様子はなく、馬たちは静かにうつむいて歩いていった。

六月二十日㈫

寺の名を入れて検索する夜半《よわ》の明日降る雨はすでに降りおり

法華寺の十一面観音を初めて見に行った。春、初夏、秋の数日間だけ公開される秘仏である。奈良時代の光明皇后の姿を写したものだという。肉感的な美しさのある像で、髪が暗緑色なのも印象的だ。会津八一の「ふぢはら　の　おほき　きさき　を　うつしみ　に　あひみる　ごとく　あかき　くちびる」という歌碑が境内に建っている。光明皇后は藤原不比等《ふひと》の娘なので、こう詠んだのである。

六月二十一日㈬

駅前の三叉路はすでに変わりおり柵に囲われし死所の消されて

大和西大寺駅北口。安倍元首相が昨年銃撃された地である。さびれた駅裏という感じだったが、約一年ぶりに行って驚いた。全体に白く塗られていて、妙に明るい街並になっている。彼が横たわっていた、道路の中の島のような空間も、今はもう存在しない。あの時間自体を、街から消し去ろうとしているように感じられた。

六月二十二日㈭

雁木《がんぎ》とは将棋の言葉　くずれたる陣を直して藤井は勝ちぬ

ユーチューブに名人戦の動画があり、私のような将棋の弱い者にも分かりやすく解説してくれるので、とてもありがたい。藤井聡太さんがやや不利だったのだが、大胆に角を捨てる手を放ち、その気迫に押されて、渡辺明名人が勝ちを急いでしまった、という印象であった。勝ちを焦ると、逆にやられてしまう。それは将棋以外でも同じかもしれない。すばらしい勝負を見せてもらった。

六月二十三日㈮

浮かぶ酵母、沈む酵母のあるを聞く　さくらんぼの香のビール飲みつつ

エールビール、ラガービールという言葉をよく聞く。エールは上面発酵といって、麦汁の上部に集まる性質のある酵母を用いているそうだ。果実や花のような香りが特徴的。逆にラガーは下面発酵で、麦汁の下部に集まる酵母を使う。爽やかな苦みがある。言葉で書いても、醸造の様子はなかなかイメージできないけれど。

六月二十四日(土)

仲良けれど恋と思われざりしこと若き日にありきあじさいの白

高校の同窓会から手紙が来ていた。名簿を作っているそうで、消息が分からない人について、知っていることがあれば教えてほしい、とのこと。怪しい業者などに利用されるばかりなので、名簿は不要なのだが。今はＬＩＮＥなどもあり、それで十分なのである。だが、連絡先が分からない人のリストを見ると、当時よく話をしていた女子の名前が書かれていた。将来の夢などもしゃべったりした。数学の問題を教えたりした記憶もあるので、便利に思われていただけかもしれないなあ。どこか少年のような雰囲気のある人だった。

六月二十五日(日)

自衛隊に入りて殺しし少年の同級生もまた顔を消されつ

かつての知り合いが事件を起こしたとき、つい興奮して、周りの人たちにぺらぺらとしゃべってしまった、という経験を私もしたことがある。自分の中に、事件が起きたことを愉しむ気持ちが全く無かったと言えば嘘になろう。もしそれが、SNSやメディアなどで拡散してしまったら、と考えると恐ろしい。

六月二十六日(月)

古書店のワゴンに箱の膨れたるフロイト全集の数冊ならぶ

叡電の一乗寺駅の近くに、萩書房という古本屋がある。ときどき、すごく安い値段で古い歌集が出ていることがあるので、店頭をいつもチェックしている。土屋文明の『少安集』（一九四三年）などは、ここで手に入れた。「もろ人の戦ふ時に戦はず如何にか待たむ新しき世を」

六月二十七日㈫

物の影濃くなりゆくに見かけより乾いていたり紫陽花ならぶ

「あぢさゐを〈水の器《ハイドレインジア》〉と呼ぶこころ　西洋人《きみたち》かなりやるぢやあないか」（大松達知『スクールナイト』）という歌を思い出しながら歩いている。

六月二十八日㈬

しゃがみつつ子に教えたる日のありき　ねじ花は梅雨にねじれてゆけり

娘が幼いころ、不思議な形のピンクの花を見た、と言っていろいろ説明してくれたことがあった。夜、寝る前のことである。どうもネジバナらしかった。咲いている場所を教えてくれるのだが、彼女の頭の中にある地図は、大人のものとはだいぶ違っていて、いくら聞いても、そこにたどり着けそうにないのだった。

六月二十九日㈭

戦時下もコンビニは開いているだろう氷のすきまに珈琲そそぐ

青木宏一郎『軍国昭和　東京庶民の楽しみ』（中央公論新社・二〇〇八年）を読むと、昭和二十年も、有楽町の芝居が大入り満員だったり、上野動物園の五月の入園者数が一万三千人だったりしたらしい。市民の不満が高まらないよう、政府が娯楽の自粛を解除したことも一因だったようだ。戦争が長く続くと、死の恐怖にも慣れてしまうのだろうか。

六月三十日㈮

書くことは書けざる日々に浮かぶ島　卓上の灯を斜めにともす

今日でこの短歌日記も、半年が過ぎたことになる。書くためには、集中力や粘りを切らさない体調が、最も重要だと分かってきた。それから好奇心。以前に興味をもって読んだり調べたりしたことが、意外な形で役立つことも多いのである。明日からの後半戦に立ち向かっていきたい。が、今日は美味いビールを飲んで祝うことにしよう。

JULY

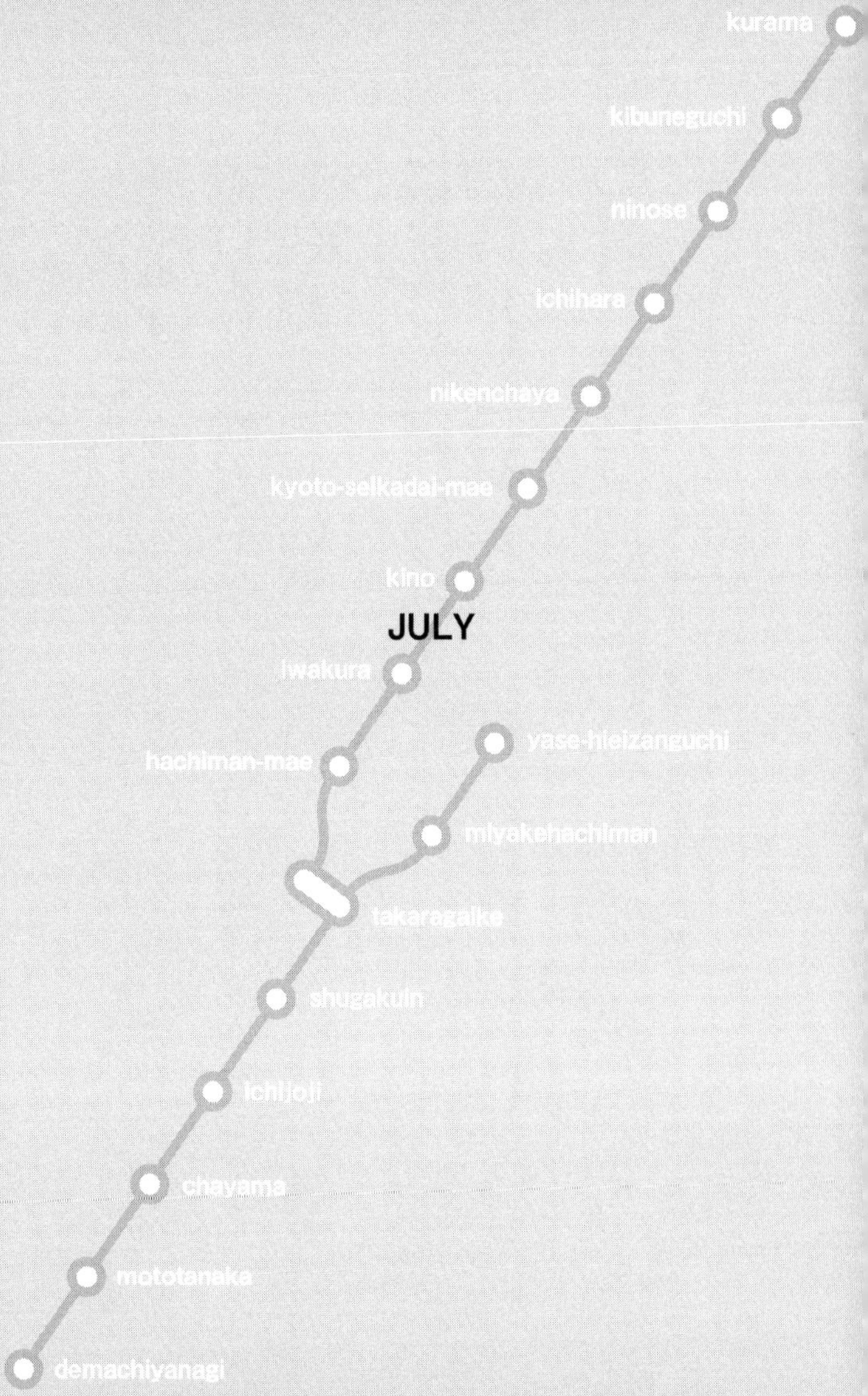
kurama
kibuneguchi
ninose
ichihara
nikenchaya
kyoto-seikadai-mae
kino
iwakura
yase-hieizanguchi
hachiman-mae
miyakehachiman
takaragaike
shugakuin
ichijoji
chayama
mototanaka
demachiyanagi

七月一日(土)

蛇口より水飲むことのなくなりぬ鋭き夏がかつてありにき

中学生の頃はサッカー部に入っていた。と言うと非常に驚かれることが多い。下手だったのでずっと補欠だったけれど。ただ一度だけ、相手チームのミスに乗じて点を入れたことがある。あのころは練習中に水を飲んではいけないと言われていた。休憩中に一気に飲むのが常だった。なぜ熱中症にならなかったのか、不思議でならない。苦しいことも多かったけれど、十代の夏は、やはり特別な時間だった気がする。夏の光が、今とは全然違うように見えていたと思う。

七月二日(日)

初期はまだ模倣のありて青赤の点かさねつつ港をえがく

先日、上野の東京都美術館にマティス展を見にいった。〈野獣派《フォーヴィスム》〉という先入観があったのだが、実際に見ると、赤を基調とする色彩に暖かく包まれるようだった。マティス自身も、絵画が「肉体の疲れをいやす良い肘掛け椅子」であることを望んでいたらしい。そんな考えは、芸術を破壊的なものだと信じる人々から評判が悪いという。ただ私も、どちらかと言えば、マティスの考えに共感する。芸術には（文学も）、それに触れる人を悦ばせる部分が、どこか必要な気がする。

七月三日（月）

理科室に百の蚕が桑を噛むそのさざめきのなかに立ちにき

桑の木の鉢植えを、妻が友達からもらってきてベランダで育てている。小学生のころ、授業で蚕を育てたことを思い出した。蚕の白い肌を触るのはちょっと気持ち悪かったけれど、すべすべでひんやりとしていた。

七月四日（火）

チャンネルを変えゆく夜に古墳より出《い》でし蛇行剣《だこうけん》いたく錆びおり

奈良市の富雄丸山古墳で見つかったもの。二メートル三十センチもあるという。儀式で使われたものらしいが、この長剣を振り回す巨人が、古代にもし存在していたら、と想像してしまう。

七月五日㈬

はたはたと扇子閉じたり蜻蛉《せいれい》はみどりの線《すじ》になりて隠るる

京都は扇子の店が多い。寺町あたりを歩くと、さまざまな絵柄の扇子がショーウィンドーに開いて置かれている。山鉾が描かれているものが最近目立つ。祇園祭がもう近いのである。観光客の土産用なのだが、この扇子で仰ぎながら、宵山を歩くのは気分がいいだろうと思わせる。

七月六日㈭

ミサイルに数十人ずつ死ぬ日々に通勤するという夏の橋

キーウに住んでいる若い母親の話がテレビで放映されていた。初めのうちは夜に警報が鳴ったら避難していたが、眠ることができないので、家の中の少しでも頑丈なところで寝ているという。戦時下でも息子は学校に通っている。息子を迎えに行き、帰り道でアイスクリームを食べさせ、自分はカフェラテを飲んでいると、かけがえのない時間を生きている感じがする、と語っていた。

七月七日㈮

傘をさす人のあいだを断ち切りて豪雨降りおり夜《よ》の駅頭に

今夜は七夕。『六百番歌合』で藤原定家が詠んだ「秋ごとに絶えぬ星合《ほしあひ》のさ夜ふけて光並ぶる庭の灯し火」という歌が好きである。宮中の庭には灯火が並べられたらしい。たくさんの数だったのではなかろうか。天上の星と地上の火が、鏡のように向き合う情景が目に浮かぶ。

七月八日㈯

葱買いて帰り来たるに夕闇を積み上げておりジャングルジムは

子どものころ、ジャングルジムを上まで登るのが怖かった。いつも三段目くらいにしがみついていた。あの形が檻のように見えた。ところが幼いころの息子はこの遊具が大好きで、てっぺんに立つことが彼の誇りだった。下からひやひやしながら見上げていたことを思い出す。父と息子は、全く別な人間なのだと気づかされた。

七月九日(日)

醬油にて煮たれど紋の残りいる山女《やまめ》を食みぬ梅雨の晴れ間に

先日、岐阜県郡上市の古今伝授の里フィールドミュージアムに行った。「平井弘」展のオープニングに平井さんもいらっしゃると聞き、ぜひ行かねばと思った。六年前にインタビューをしたが、コロナ禍もあって、ずっとお会いしていなかったのである。八十七歳の平井さんは、病気もされたそうだが、今はお元気そうで、にこやかながらシニカルさの混じる語りは変わっていなかった。「ひぐらしの昇りつめたる声とだえあれはとだえし声のまぼろし」(『前線』一九七六年)など、愛誦する歌は多い。

七月十日(月)

淡き灯を反射するガラスケースにて同人誌は古きページをひらく

「平井弘」展では「斧」も展示されていた。一九六〇年代の岐阜を中心とする同人誌である。以前、平井さんからお借りしたことがある。短歌の中で虚構を歌っていいか、ということがかつて論議になった（今も問題になることはあるが）。その特集が組まれていて、ある若い女性歌人が、現実の厳しい束縛から逃れるために、虚構で歌うという方法は救いになりました、と書いていたことが忘れられない。女性の叫びが、古い文字から伝わってくる感じがしたのである。

七月十一日㈫

かたむきを補正するごと山道に合歓の木立ちぬほの紅き花

「昼間みし合歓《かうか》のあかき花のいろをあこがれの如くよる憶ひをり」（宮柊二『群鶏』一九四六年）。昼に見たものを寝る前に思い出すというパターンの歌はしばしば作られるが、その嚆矢となった作であると思う。これ以前にも同様の発想の歌はあったかもしれないが、やはり忘れがたいのは色彩鮮明なこの一首であろう。ただ、単にネムの花を詠んでいるのではなく、秘められた性愛を歌っているような気がする。

七月十二日㈬

冠毛《かんもう》のようなる合歓の花咲けり飛騨の谷より吹きくる風に

子どものころに買ってもらった植物図鑑の表紙が、ネムの花のアップで、まさに赤いブラシという感じだった。こんな花がほんとうに存在するのかと思ったが、山に行くとわりと普通に見られる。たぶん実物は、母に教えてもらったのだと思う。大学生のころ、山の中で短歌会の合宿をしたことがあって、いっしょにいた人に教えた場面が今も脳裡に残っている。

七月十三日㈭

合歓咲けり日帰りなれば山の湯に泊まりの人を羨《とも》しむ夕べ

金田一耕助シリーズをよく読んだ影響で、ひなびた山の中の温泉に泊まることに強いあこがれを持っている。しかし、そんな機会はなかなかない。数年前、宮崎県の美郷《みさと》町の神門《みかど》というところに泊まったが、理想のイメージに近くて嬉しかった。ここは町の温泉場が近くにあり、宿から歩いてゆく。秋の半ばで、道に木の実がいくつも落ちているのも雰囲気があった。次の日の朝は、山から下りてくる濃霧が神秘的だった。川魚や鹿肉の料理も美味しく、いつかまた行ってみたい。

七月十四日㈮

中華鍋振りいる青きシャツの背に汗のにじむを遠く見ており

名古屋の中華料理店・平和園に、先日初めて行った。料理人の小坂井大輔さんは歌人で、「届かずにわたしの後頭部に当たる誰かの願いを込めた賽銭」（『平和園に帰ろうよ』）など、おもしろい歌を作る。多くの歌人が平和園を訪れ、〈聖地〉になっているそうだ。何冊もスケッチブックがあり、ここに来た歌人が短歌やメッセージを書いている。知っている名前がいくつもあった。私も即詠の一首を書かせていただいた。小坂井さんにお見せすると、「にじむどころじゃなくて、汗でどろどろですよ」とおっしゃっていたが。餃子や麻婆豆腐、炒飯など、とても美味しかった。

七月十五日㈯

去年《こぞ》は昼、今年は夜に見ておりぬ鶏鉾《にわとりほこ》のまわり灯《ひ》の群れ

今日は祇園祭の宵山である。去年の七月は、河野裕子記念シンポジウムの準備に追われていた。会場の京都産業会館ホールの下見に行き、その帰りに、鉾の曳き初めをちょうど見ることができた。巡行に備えて、試し曳きをするのである。多くの白い法被の人が集まり、綱を引っ張る。ゆらゆら揺れながら、巨大な鉾が動き出し、電線に引っ掛からないぎりぎりのところを進んでゆく。本番の日よりも人が少ないので、ゆったりと見られるのが良かった。

七月十六日(日)

朝の陽はしずかに暑し咲き終えしマツヨイグサの赤く垂れいる

太宰治『富嶽百景』（一九三九年）に、「富士には、月見草がよく似合う。」という有名な一節がある。バスの中で、みんなが富士山を見ているときに、一人だけ道端の月見草を眺めていた老女に共感した言葉である。「私の母とよく似た老婆」という描写もあるので、母恋の思いもあったのだろう。「黄金色」とあるから、この月見草は、マツヨイグサを指していると思われる。ネットで調べると、マツヨイグサは江戸時代末期に南アメリカから伝わったと書かれていて、びっくりしてしまった。太宰治が見た頃には、渡来して百年も経っていなかったのである。

七月十七日（月）

にんげんの力は綱にあつまりて船鉾《ふねほこ》の車輪じりじり回る

今日は山鉾巡行。私もじつは最近まで知らなかったのだが、船鉾と大船鉾の二つがあり、船鉾は前祭（七月十七日）の最後に巡行し、大船鉾は後祭（七月二十四日）の最後を飾る。大丸京都店の前には、船首に付ける黄金の竜頭が、七月になると展示される。美しく、迫力のある彫刻で、竜の眼ににらまれながら前を通り過ぎる。これは大船鉾のほうなのだそうだ。

七月十八日㈫

踊れるを光の筒は追いゆけりreally, reallyと歌いいる声

今月の初め、カーリー・レイ・ジェプセンの大阪のライブを観に行った。カナダの女性シンガーソングライターで、前からとても好きなのだ。日本に来たら是非行きたいと思っていたので、席も無事に取れて嬉しかった（後ろのほうだったけれど）。デビー・ギブソンなどの八十年代の洋楽の明るさを思い出させる曲が多く、聴いているとどこか懐かしさも感じるのである。

七月十九日（水）

隣席は眠そうな少女と見ていしが光に向きて叫びはじめつ

ＮＨＫ短歌で、いっしょに選者をしている岡野大嗣さんの八月放送の歌の題は「ライブ」なのだそうである。いい題で、おもしろい歌が集まりそうだなと思う。高齢の人の応募も多いので、ビートルズのライブに行った、という歌も来るかもしれないね、とＮＨＫの楽屋で話した。「ただ一度生れ来しなり「さくらさくら」歌ふベラフォンテも我も悲しき」（島田修二『花火の星』一九六三年）は、今年亡くなったハリー・ベラフォンテの来日公演を詠んだ歌。

七月二十日㈭

客席にマイクを向けて歌わせる女声《めごえ》、男声《おごえ》は闇にふくらむ

私が初めて行ったライブは浜田省吾さん。「マネー」がヒットして、非常に勢いがある頃だった。浜田さんの当時の歌は、自分が生まれ育った町を脱出して、都会で成功してやるぜ、という野心にあふれる歌詞が多かったので、田舎の高校生だった私の心に、すごく響くものがあった。NHK短歌の司会の尾崎世界観さんにその話をすると、最近はそういう歌詞は少ないですね、むしろ地元を愛するような歌詞が多いんじゃないかな、ということだった。なるほどなあと思う。故郷が嫌だ、という歌（もちろん愛憎が混じっているのだけれど）は、今はなかなか歌いにくい気がする。

七月二十一日㈮

聞きながすこと多くなりぬ若き日は歌詞の身体《からだ》に沁みて歩みき

高校生時代を思い出す歌と言えば、渡辺美里の「マイ・レボリューション」やボウイの「ビー・ブルー」などがすぐに心に浮かぶ。受験指導が厳しい高校だった。息苦しい日々の中で、彼女や彼らの曲は精神的な支えになっていたし、歌詞を自分のことのように聴いていたように思う。いつからか、そんな聴き方はしなくなった。今では、曲に自分を重ねることなく聴いている。「マイ・レボリューション」（私の革命）なんて、今考えると何て大げさな、と思ってしまうのだが、やはり当時は、切実に何かを変えたいと願っていたのである。

七月二十二日㈯

人選を決めつつビール飲みており餃子はひとつひとつ舟形

居酒屋で話しながら、仕事の分担の案を練る、ということがときどきある。「あの人はなかなかいいよ」とか「いや、あいつには無理でしょう」など、毀誉褒貶をしながら計画を立てていくのは、ちょっと陰険だが、ある種の愉しさになっている気がする。そうして仕事を割り振ると、実際うまく行くことが多いのである。政治家にはそれが好きな人が多いんじゃないだろうか。だから料亭でよく飲んでいるのだろう。

七月二十三日 (日)

船鉾の町を来たりぬ炎昼にならぶ家より影ははみ出す

祇園祭の宵山は、すごい人混みなので、朝のうちに歩くのが好きである。まだあまり人がおらず、山鉾の古い飾り物をじっくりと見ることができる。昔ヨーロッパから伝わったらしい、城や教会や兵士などが描かれた織物のかたわらに、中国風の金色の竜がとぐろを巻いていたりする。よく見るとばらばらなのに、不思議な統一感が生じているのがおもしろい。

七月二十四日（月）

梨泰院《イテウォン》の死者を思えり宵山の影のひしめく路地のふかさに

いろいろなことがネットで騒ぎになってはすぐに消えてゆく。それに慣れてしまったせいか、少し前の悲惨な事件も、つい忘却している自分の心に驚かされる。二〇二二年十月二十九日の夜の出来事であった。今年のハロウィンが巡ってくるとき、またしばらく話題になるのだろうか。

七月二十五日㈫

体内の尿ふくらみて目覚めたり遠くさわだつ熊蟬の声

クマゼミは西日本に多いセミである。関東にはいなかったらしいが、温暖化のせいか、だんだん進出しているらしい。近くの木で鳴きはじめると、音量がすさまじく、耳が変になってしまうほど。鳴いているのは朝が多く、昼になるとぴたっと沈黙してしまう。どのように一緒に鳴きやめているのか、よく考えると不思議だ。

七月二十六日(水)

しろじろと切断面を曝しつつ本売られおり冷房のなか

近所に恵文社という有名な書店がある。叡電の一乗寺駅から歩いて三分くらい。瀟洒な感じのする本や他ではあまり見ない本が並んでいて、ちょっと美術館のような趣がある。スラヴォイ・ジジェクの『イデオロギーの崇高な対象』(二〇〇〇年)もここで買った。初めて読んだときは、こんなにおもしろい思想書があるのかと衝撃を受けた。ホラー映画なども取り上げつつ、ポスト構造主義について論じている。最近では珍しくないが、当時は斬新な手法だった。タイタニックが沈没する前に、「タイタン」という船が沈む小説が書かれていたという怪談も登場する。

七月二十七日㈭

炎昼の原宿に来たり汗の背にシャツは付いたり剝がれたりして

ベル・アンド・セバスチャンというスコットランドのバンドが好きである。「I'm A Cuckoo」という曲がある。「それよりも東京にいるほうがいい　原宿の日曜日の雑踏を見ていたい　ぼくはおかしくなってしまったんだ」（拙訳）といった歌詞で、失恋のショックを歌っている。明るいのに、どこか切ない曲調で、よく口ずさんでしまう。cuckoo（かっこう）には、英語では「愚か」という意味があることを知った。

七月二十八日㈮

娘《こ》は二日わが家に帰りねむりたりタオルケットが夏の陽に垂る

娘は横浜のアパレルの店で働いている。よく知られていることだが、自分の店の服を自分で買って接客しなければならない。最近では、ネットで着用モデルのようなこともしている。副店長になったと言っていたが、大変な仕事のようだ。今回も、店で売っているらしいふわふわの服を着て帰ってきた。疲労が溜まっているらしく、昼になってもずっと眠り続けていた。

七月二十九日(土)

子とともに観たる555《ファイズ》に〈この人はもう亡くなった〉コメントが添う

仮面ライダー555《ファイズ》（二〇〇三年）である。少数者が迫害され、テロ的に人間を襲うという悪が描かれている。子ども番組にしては、複雑で救いがないなと思いつつ当時は観ていたが、今観ると、痛切なリアリティーがある。優しい性格なのに悪に染まってゆく青年を演じた泉政行さんは、特に印象に残る俳優だった。

七月三十日（日）

炎昼のイチョウの影に自転車を差し込みながら青を待ちおり

自動車の免許は持っているが、運動神経が良くないので、事故を起こすのが怖く、結局ペーパードライバーになってしまった。子どもが小さい頃、「他の家は車で遊びに行けるのに」と言われ、何度か心が痛んだ。京都は細い道が多く、小さな町なので、自転車のほうが快適なときもある。だが、猛暑のころはさすがにつらい。

七月三十一日（月）

あかるさのとどまる夏のゆうぞらに濾過されしごと星あらわるる

昨年の夏、伊吹山に星を見にゆく日帰りのバス旅行に参加した。まだ日が長いころで、空はなかなか暮れない。ようやくぽつぽつと星が浮かんできて、ベガ、アルタイル、デネブが、夏の大三角形を作り出すのが見えた。ところが、バスの帰りの時間は午後八時ごろで、もっとたくさんの星が見える前に、山を下りねばならなかった。夜更けには、天の川がしろじろと大きく広がるのだそうである。

AUGUST

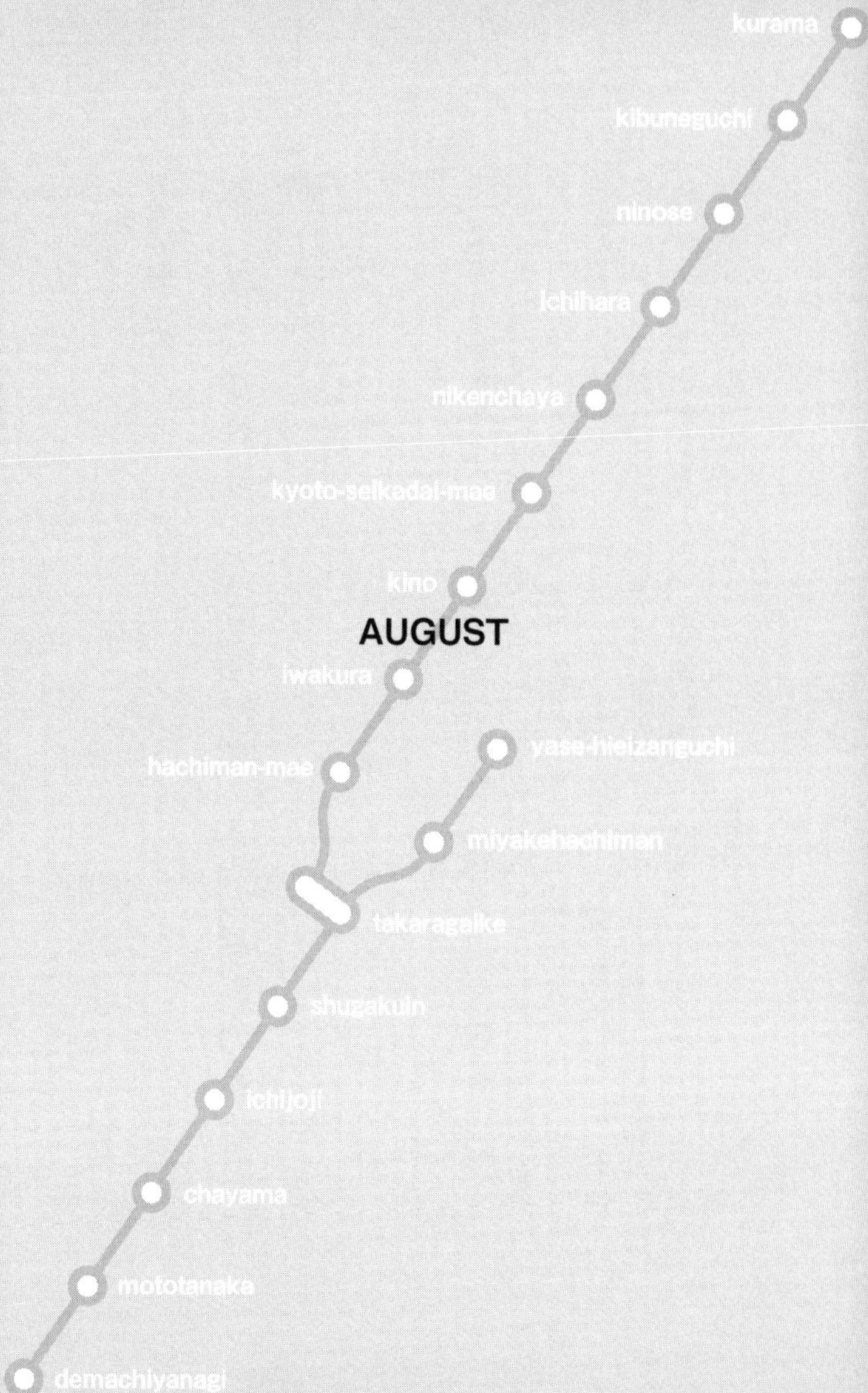
kurama
kibuneguchi
ninose
ichihara
nikenchaya
kyoto-seikadai-mae
kino
iwakura
hachiman-mae
yase-hieizanguchi
miyakehachiman
takaragaike
shugakuin
ichijoji
chayama
mototanaka
demachiyanagi

八月一日㈫

本に帯巻かれていたり闇に咲く花の写真のかすかにずれて

本に巻かれている帯はずいぶん進化していて、表紙に描かれている絵とぴったりつながるように作られているものもあり感心する。本の厚みなどを考えて、緻密に計算しているのだろう。ネットで調べると、戦前からすでに帯は存在していた、とか、日本独自の文化らしい、という話が出てくる。そういえば、歌集の帯はいつごろから付くようになったのだろう。昔の歌集では、帯が付いているものをあまり見たことがない。手元にあるなかで最も古いのが、高安国世『街上』（一九六二年・白玉書房）で、オレンジ色の細い帯が付いている。

八月二日(水)

耳に馴れ聞こえなくなる遠蟬《とおせみ》の声がふたたび部屋をただよう

「ものおもひ断《た》ゆれば黄《き》なる落葉《らくえふ》の峡《かひ》のおくより水のきこゆる」（若山牧水『路上』一九一一年）。物思いにふけっていたときは聞こえなかった水音が、ふっと我に返ると聞こえてくる。水音はずっと前から存在していたはずなのに。人間の意識の不思議さを、牧水たちは明治期に歌いはじめている。そうした着想は、現代短歌に大きな影響を与えていると思う。

八月三日㈭

どう生きても虚しいと言ういつか言う弟切草《おとぎりそう》の黄の花群るる

母が五年前に亡くなってから、老父は一人で暮らしている。自分で食事も作っており、まだまだしっかりしている。父の誕生日に電話すると、「早く終わりにしたいんじゃが、今はがんばって生きとるよ」と言っていて、強く耳に残った。

八月四日（金）

ゆうぐれの木槿《むくげ》に強き陽の射して蟻のいるまま花を落とせり

「いつしんに樹を下りゐる蟻のむれさびしき、縦列は横列より」（葛原妙子『原牛』一九五九年）。なぜ縦列は横列よりも寂しいのか。理由は分からない。しかし、なぜだか分かる気がする。横列のほうが寂しい人もいるかもしれないが、やはり多くの人は、この歌に納得するのではないか。人間にはさまざまな個性があるが、それでも共通する感覚のようなものが存在する。詩歌は特異な表現を目指しつつ、共通する感覚に向かって投げかけてゆくところがある。

八月五日（土）

暑苦しき黒とおもえど着る朝に月見草しぼむところをよぎる

朝日カルチャーセンターの講師をしており、今日は大阪の渡辺橋に行く。毎月一回、十五年以上続いている。私より年上の女性が中心で、初めのころは緊張したが、暖かく受け容れていただき、とても楽しい会になっている。おもしろい歌、味わい深い歌が多く、批評してコメントする力を、この場でずいぶん鍛えてもらった気がする。Tシャツだけというわけには行かず、サマージャケットを羽織ってゆく。服装をよく見ている方が何人かいて、「このシャツの色はええわあ」とか、ときどき褒めてもらったりする。

八月六日(日)

人ならば火傷《かしょう》する路にひるがおの花は這いおり自転車を停む

教育関係の出版社に勤めていたころ、お世話になっていた校長先生がいた。『はだしのゲン』を翻訳して海外に伝えていた方に、学校で講演をしてもらうことになっていた。ところが、どこからか圧力がかかったのか、突然中止になった。それが問題になり、新聞でも取り上げられた。校長先生は矢面に立ち、非常につらく苦しいコメントをされていて、胸が痛んだ。だが何もできず、連絡を取るのも控えるしかなかった。そしてそのまま関係が切れてしまったことを、今も心苦しく思う。校長先生を非難する声が当時強かったが、彼女も被害者であった。

八月七日㈪

旧暦に呼べば水無月　この日々をサンゴジュの花しろくけぶれる

スマホには旧暦を表示する機能があり、今日は六月二十一日。少し前に近所の神社で見た情景なので、今はもう花は終わっているかもしれない。秋に赤い実がなり、珊瑚のようだから、この名があるという。「さんごじゅの実のなる垣にかこまれてあはれわたくし専《もは》ら私《わたくし》」（岡井隆『歳月の贈物』）

八月八日㈫

夕立のしずくが残る眼鏡なり歪《ゆが》める路に自転車を漕ぐ

「衣手に涼しき風をさきだて、くもりはじむる夕立の雲」（宮内卿『風雅和歌集』）。夕立の前には冷たい風が吹くことが多い。八百年ほど前の歌だが、やはり天候に敏感だったんだなあと思う。先日、ひんやりした強い風が吹いていることに気づいていたのだが、つい買い物に出かけて、びしょびしょになってしまった。

八月九日（水）

いくたびを撃たれたりしか蒼天にほそく撓《しな》いて避雷針立つ

北辻一展さんの『無限遠点』には、少年期に長崎で暮らした日々を詠んだ歌がいくつか収められている。「サイレンでプールサイドに浮上して黙禱をする長崎の夏」「被爆三世とさらりと告げる友人のサングラスの奥の眦やさし」。自分は経験していないけれども、戦争を肌で感じる時間。限られた土地を除いて、その時間はしだいに失われてゆく。

八月十日(木)

自転車のタイヤに空気挿し込みて海蛇ほどの固さになりぬ

近くの自転車店に、十円玉を入れるとホースから一分間くらい空気が噴き出る機械が置かれていた。店員がいなくても、自分で勝手にタイヤを膨らませていいのである。幼かった娘は、「くうき屋さん」と呼んでいた。

八月十一日㈮

少年なりし子の出てゆきしこの家に夜の灯もとめクワガタが来つ

夜更けの窓にがりがりと音がするので、外に出てみると、巨大なミヤマクワガタがいた。山が近いせいか、ときどきこんな珍客が現れる。網戸に脚のとげが引っかかっているようで、なかなか外すことができない。十年前の息子がいれば大喜びだったろうな。翌朝に見ると、なんとか網戸から脚が外れたらしく、どこかに消え去っていた。

八月十二日㈯

隅田川近けれど花火は音のみと東京の空の狭さを聞けり

故郷の宮崎市では八月の初めに花火大会が行われる。私が子どものころはあまり混雑しておらず、大淀川の堤防の草に寝転んで、大輪の花火を見ることができた。打ち上げ場所が近いと、爆音が凄くて、浴衣の腹にばんばんと響く感じがあった。花火が始まったころは、空にまだ明るさが残っているが、終わったときには深い闇になっている。それに気づいたときの不思議なさびしさは、今も記憶に残っている。

八月十三日(日)

颱風のにじり寄る午後　亡き人の葉書を抜きて青きファイルに

昨日は河野裕子さんの命日だった。河野さんからはいろいろなことを教えていただいたが、特に記憶に残っているのは、「今の自分よりも大きな器に入りなさい」という言葉。自分にちょうどいいレベルの仕事をしていたら、成長が止まってしまう。無理なようでも、レベルの高い仕事に取り組みなさい、それによって人間は成長するのです、という意味であった。まだ若かった頃に言われたのだが、この言葉は私にとって大きな支えになった。

八月十四日(月)

天ぷらの茄子の衣がとげとげになるのもよけれ油を吸わす

下手だけれども、ときどき料理をする。野菜の天ぷらを「精進揚げ」と呼ぶことを、水上勉の『土を喰う日々』を読んで知った。「新鮮な土にいたころの風味が、衣に封じこめられて、舌にのって、それぞれ材料が、胃へ向う途中で、唄をうたいだす。精進揚げとはつまり、衣を着せて一様にみせかけてはいるが、じつは野菜どもの交響曲《シンフォニー》ではないか。」

八月十五日㈫

数万の地雷を埋めて埋めて埋めて握る土から蟻がこぼれる

今日は終戦記念日。「終戦」という言葉がそもそもおかしく、「敗戦」と呼ぶべきだという意見もあり、私も首肯するのだが、「終戦」の語の静かな響きも、追悼の思いをあらわすものとして、確かな感触を持っているように思う。ロシアのウクライナ侵攻はまだ続いており、「終戦」といっても、今ここだけのことなのだと感じてしまう。

八月十六日（水）

わずかなる軒《のき》にひそみて夕立に痺るるごとき木を見上げおり

今日は五山送り火。初めて「大」の字が燃えるのを見たのは、大学一年生の夏休みで、クラスメイトが十人くらい集まった。直前に強い雨が降り、中止になるのではないかと心配したが、濡れた服のまま赤い炎を見上げることができた。火が消えた後は飲み会になった。その中に憧れている女性がいたのだが、たまたま私と似た服を着ていた学生を、私と呼び間違えるのを聞いてしまった。私のことを全く見ていないのだなと気づき、にぎやかな中で一人傷ついたことを今もおぼえている。

八月十七日㈭

禅寺を歩みきたりぬ木の陰を潜《くぐ》りくぐりて鬼やんま飛ぶ

子どものころは鬼やんまを捕りに、神社の池によく通った。網さばきが下手なので、全く捕まえられない。しかし、池の岸でじっと待っていると、同じコースをまた飛んでくる。弾丸のような頭を狙って、網を水平に振るのだが、その下をするっと抜けてゆく。何度も対決を繰り返すうちに、池の水面は夕暮れの色に変わってゆくのだった。

八月十八日㈮

麦《むぎ》星《ほし》のありて米星なき不思議　闇のなかより水音聞こゆ

「麦星」とは、牛飼い座の一等星アークトゥルスのこと。麦を刈り取る六月ごろに現れるから、この名がある。稲刈りは地方によって時期がだいぶ違うので、星を決められなかったのかもしれない。私の故郷の宮崎県では、八月から稲刈りをする風景が見られる。南九州は台風が多いので、それが来る前に収穫するのだと聞いたことがある。

八月十九日㈯

ふとぶとと八月の陽の射す道に枯れたるのちも草は茂りぬ

ナズナやカラスムギやヒメジョオンなど、春にやわらかくそよいでいた草が、灰色や褐色になって立っているのをよく見かける。近くでは夏草の葉が勢いよく伸びているので、さらにわびしく感じられる。そんな茎に、しじみ蝶や蜻蛉が止まって、翅を休めていたりする。疲れたような光の中から秋が生まれてくる。

八月二十日(日)

夏の坂のぼりきたるに六地蔵立ちて二つは石の割れたり

叡電の修学院駅から山のほうに登ってゆくと、一乗寺北墓地という大きな霊園が広がっている。やわらかな山並に抱かれて、静かなところである。夜に来たらそうとう怖いかもしれない。友人の林和清さんが若いころに作った俳句「お降《さが》りや京洛いたるところ塋《はか》」をときどきつぶやいてしまう。京都に住んでいると、まさにそのとおりだなと実感する。

八月二十一日(月)

いつしかにえのころ草の伸びており線路曲がりてかたむく歩道

いわゆる猫じゃらしである。もうあちこちに生えていて、秋の訪れを感じる。妻が最近、ネットを見て覚えたらしく、二本のえのころ草を絡めて二つの耳にして、緑色のうさぎを作って遊んでいる。

八月二十二日㈫

夕立の後の湿りにひぐらしのこころ持たざる声降りしきる

一九七八年に藤森益弘の『黄昏伝説』という歌集が刊行された。アンソロジーでいくつかの歌を見て、非常に心を惹かれたのだが、言わば〈幻の歌集〉で、全部を読むことはできなかった。ふと思い出して検索したところ、ネットの古書店で売られているのを発見し、ようやく入手できた。白い表紙に描かれた橋の鉛筆画が美しい。「終日を啼きてかなかなかなしみの声溶けゆきし天の紺青」は、ひぐらしが鳴くといつも思い出される一首である。

八月二十三日（水）

一冊を数人で分けし校正を戻しにゆきぬ雨のポストに

以前に勤めていた教材会社の仕事を手伝っており、国語の問題集の校正などが回ってくる。短歌や俳句のページの校正をよく頼まれる。かなり前のことだが、静岡県の高校入試で、私の短歌「円形の和紙に貼りつく赤きひれ掬われしのち金魚は濡れる」が取り上げられたことがあり、とても嬉しかった。短歌でよく出るのは、句切れの問題である。この「一冊を……」の歌は何句切れでしょうか。

八月二十四日㈭

比叡より落ちくる水のひとつにて梅谷川の暗きを渡る

京都にはさまざまな峠がある。「夜泣峠」のことは六月十日に書いた。峠というと、山の中の細い道、というイメージがあるが、家から自転車で十五分くらいのところに「檜峠《ひのきとうげ》」という地名があることを最近知った。急な坂道だが、自転車で上れないことはない。周りは普通に民家が建っている。もしかして日本で一番低い峠では？ と思ったりした。今は舗装されているが、昔は険しい道だったのかもしれない。この檜峠のあたりを梅谷川は流れているのである。

八月二十五日㈮

二階席より見ていたり夕立はサルスベリの花を突き抜けて降る

ときどきビッグマックがやけに食べたくなる。もう四十年くらい前だが、宮崎市に初めてマクドナルドができた。高校からの帰り道、友人たちとよく食べに行った。高校時代は苦しいことが多かったが、大きな息抜きになっていた。当時はサンキューセットというものがあり、390円で飲み食いできたのである。そう言えば消費税もなかった。マクドナルドの戦略にまんまと乗せられた気もするが、ある味が、懐かしい記憶と結びついてしまうことは、確かにあるのだ。

八月二十六日(土)

雨のあとゼリーのごとき夜空あり月の光に貫かれつつ

地上はまだまだ暑いが、天空はすでに秋の気配になっている。「うれしとや待つ人ごとに思ふらん山の端《は》出《い》づる秋の夜の月」(西行)という歌が好きである。この月を眺めている人は皆、嬉しい気持ちになっているだろう、と想像している。遠く離れている人でも、月を見ているときは、同じ心になる。戦乱の時代の中で西行は、月を見ることにより人と人の心は結ばれるのだ、と考えていたように思う。

八月二十七日（日）

夏の雨過ぎて蒸気のただよえり路面電車の重く過ぎゆく

八月二十三日ごろに、京都では地蔵盆が行われる。私が二十数年前に住んだ町では、石のお地蔵さんのまわりにビニールシートを敷いて、幼い子どもたちがお菓子をもらい、ままごとなどをして遊んでいた。まだ一、二歳だった娘も、近所の少女たちにかわいがってもらい楽しそうだった。人形の代わりにされていたのかもしれない。子どもが成長してしまうと、地蔵盆を見にゆく機会はめっきり少なくなった。最近はあまりにも暑いので、お地蔵さんの前で遊ぶのは難しくなっているのではないだろうか。

八月二十八日（月）

颱風の過ぎし青田に陽は照りてしおからとんぼのほそき滑空

しおからとんぼは子どものころよく捕まえた。メスはむぎわらとんぼ。指をくるくる回す古典的な方法でも、結構成功したように思う。今は捕まえることはないが、スマホで撮影するのが楽しい。竹の棒の先にとまっているのにレンズを近づけるとさっと逃げてしまうが、しばらくするとまた戻ってくる。じっと待っていると、複眼が鮮明に映った写真を撮ることができる。

八月二十九日㈫

汗重きシャツの中より眺めおり寺の襖のつゆくさの青

洛西にある正法寺に行った。京都の西山が六枚ほどの襖に大きく描かれていて、じつに素晴らしかった。緑の山々が、濃淡豊かに広がっている。また、さまざまな草花を描いた襖絵もあり、いつまでも見ていたい気持ちになる。二〇〇〇年に五十二歳で亡くなった日本画家・西井佐代子さんの遺作だそうで、それを知るとさらに細やかな筆の跡が胸に沁みてくる。

八月三十日㈬

投げやりな声になりつつ寺庭のつくつくぼうし鳴き終わりたり

『蜻蛉日記』に「さながら八月になりぬ。ついたちの日、雨降り暮らす。時雨だちたるに、未《ひつじ》の時ばかりに晴れて、くつくつほうしいとかしがましきまで鳴くを聞くにも……」という一節があると知る。未の時といえば、今の午後二時ごろ。「いかなるにかあらむ、あやしうも心細う涙浮かぶ日なり」。悲しみに沈む藤原道綱母の耳に「くつくつほうし、くつくつほうし」と、ひどくうるさく聞こえていた。

八月三十一日㈭

教えくれし人はもう亡しみずくさに田螺《たにし》の赤き卵付きいる

「ジャンボタニシ」と呼ばれる巻貝である。一九八〇年代に食用として南米から持ち込まれたのが、各地の田んぼに広がったという。子どものころ赤い卵のかたまりを見つけて、農家だった祖母に「ジャンボタニシじゃあ」と教えてもらった記憶がある。爆発的に増殖していた時期だったはずで、農協（今のJA）から、注意書きが出回っていたのかもしれない。洛西の畦道を歩いていたとき、久しぶりに見た。

SEPTEMBER

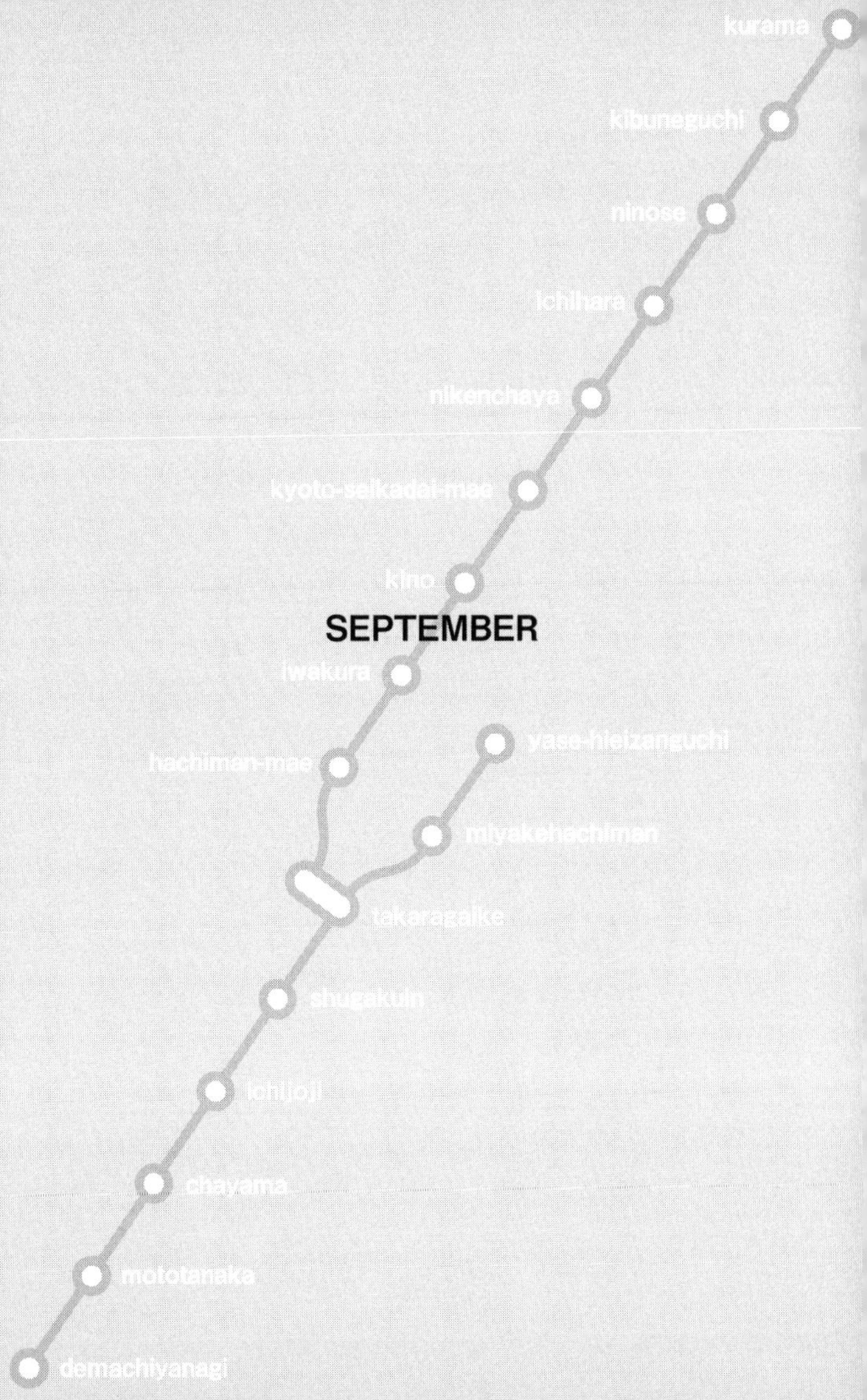
kurama
kibuneguchi
ninose
ichihara
nikenchaya
kyoto-seikadai-mae
kino
iwakura
hachiman-mae
yase-hieizanguchi
miyakehachiman
takaragaike
shugakuin
ichijoji
chayama
mototanaka
demachiyanagi

九月一日㈮

この池の水で軀《からだ》の肥りたる牛蛙ボオと昼に鳴きたり

ウシガエルも食用として北アメリカから持ち込まれたのだそうである。戦後の食糧難のころは食べていたという話を、父母から聞いたことがある。小学校のころの友人が、ウシガエルを釣る遊びをしていた記憶があるが、私は気持ち悪くて参加しなかった。台湾やタイなどではよく食べられているそうで、梅内美華子さんのチェンマイ旅行の歌が、印象に強く残っている。「食用ガエル皮剝がされて積まれいるそこに照るもの光と呼ぶか」（『若月祭《みかづきさい》』）

九月二日(土)

五分後のバスを待ちおりあじさいの枯れたる球《きゅう》に赤味の残る

河原町や祇園や平安神宮あたりを通ってくるバスは、時間通りに来ないことが多い。いつも混雑しているので、どれくらい遅れるかは、日によって全く違うのだ。ただ、京都市のバス停には、バスが近づいてくると自動的に知らせてくれる仕組みが付いている(バスロケーションシステムというらしい)。他の町ではあまり見ないように思う。便利なシステムだと自慢したいのだが、よく考えると、時刻表どおりにバスがきちんと来るなら、必要性は低い。すばらしい技術だけれど、それが使われている世の中が、上手くいっているとは言えない、ということは往々にあるようだ。

九月三日（日）

薄紅の菊を包めるセロファンの影透けながら墓まで歩む

外国の男性が、日本の女性に菊の花束をプレゼントしたら、怖がられたというつぶやきを読んだことがある。ただ、仏に菊の花を供える風習はそんなに古いものではなく、明治時代以降に生じたものだという。一年中栽培しているので、いつ葬儀があっても調達できるという、供給上の理由が大きい、と書いているものもあった。もしかすると、伊藤左千夫の『野菊の墓』（明治三十九年）が、仏花のイメージを定着させたのかもしれない。

九月四日（月）

炎天の道あゆみつつ思いたり死者のシャツは乾く汗をかかねば

ウクライナの田舎の道のあちこちに倒れている人々の映像を、何度か見た。ぼかしがかかっていて、はっきりとした様子は分からない。

九月五日㈫

終点は濡れたる土のひろがりぬ後ずさりして向き変えるバス

「待ち続けたものが来ることはふしぎだ／来ないものを待つことがわたしの仕事だから」（小池昌代「永遠に来ないバス」）

九月六日㈬

欄干の熱きに触れて大水《おおみず》に草乱れたる河原を覗く

夏休みの終わり、息子の自由研究が全く手をつけられていなくて、今からどうしよう、という事態になったことがあった。近くの高野川の水中の石には、一センチほどの砂のかたまりが貼りついていることがある。ニンギョウトビケラという、砂粒を体にくっつけている虫がいるのである。何匹か捕まえて、分解して、砂粒の数をかぞえたりした。山口県岩国市では、特産品の「石人形」として売られているが、あちこちの川に生息しているようだ。まだ日射しの厳しい橋を渡りつつ、一晩で仕上げた自由研究を思い出す。

九月七日㈭

秋の空まるみを帯びてゆくころを足跡のごとき雲がつらなる

「夏と秋ゆきかふ空のかよひ路《ぢ》はかたへ涼しき風や吹くらむ」（凡河内躬恒『古今和歌集』）

九月八日㈮

浮き上がる羽黒《はぐろ》蜻蛉は敷石の四角のなかにまた降りゆけり

今年亡くなった高橋幸宏の名曲「蜉蝣」に、「ふたつの影は9月に漂う蜉蝣」という歌詞があるが、ウスバカゲロウなどではなく、水辺を飛んでいる黒い翅の蜻蛉を思わせる。その細い胴体は青や緑色で、金属片のようにきらめくのである。

JASRAC:020-5190-7

九月九日（土）

鶏頭の花を過ぎゆく暑けれど殺気の消えし陽の差しており

今年の夏はあまりにも暑かったので、会合に出ると、災厄から生き延びた人々が語り合うような雰囲気になってしまう。今日から福岡で、私の所属する「塔」短歌会の全国大会が開催される。

九月十日(日)

決めたのはみな男なり　ねむらせて犯すごとしも海洋放出

二〇一五年に政府と東電が「関係者の理解なしにはいかなる処分も行わない」と福島県漁連に伝えた文書は、「同意」ではなく「理解」であることがポイントであるらしい。この文言だと、多少でも「理解」が進めば、海洋放出が可能になる。騙した、とは言わないが、漁師たちの気持ちを裏切ることを予測していた言葉だったように思われる。

九月十一日（月）

わずかなる面積を夜に灯しつつ生物濃縮の記事を読みおり

処理水の中に、基準値以下のさまざまな放射性物質が、トリチウム以外にも含まれていることは確かなようだ。微量なので、飲んでも危険性はない。ただ、プランクトンがそれを食べ、小魚がプランクトンを食べ、大きな魚が小魚を食べ、という流れで、生物のなかに蓄積してゆく可能性はある。何十年後かに、どのようなことが生じるかは、科学者によっても見解が分かれているらしい。今は安全だから良い、という問題ではないことは忘れてはならない。

九月十二日（火）

たちまちに反対の声がしぼみゆく風船のような世論だったよ

朝日新聞の二〇二三年七月十五・十六日の世論調査では、処理水の海洋放出について、「賛成」が五一％で「反対」四〇％を上回ったという。二〇二一年一月三日に報じられた同社の調査では、「賛成」三二％、「反対」五五％であった。

九月十三日（水）

五十年後のあなたへ　夏は四十五度ですか魚は食べていますか

五十年後に短歌が残っているのなら、返歌してほしい。私が読むことはないけれど。

九月十四日㈭

実話ゆえ幼き子らも殺されつ敵だと思い込んで――どうして

映画『福田村事件』を観る。関東大震災の後に、村人たちが危険人物だと思い込み、罪のない人々を殺害した事件を描いている。朝鮮人差別などのさまざまな差別が複雑に絡み合い、メディアにより増幅され、憎悪が爆発してゆく様子を、なまなましい皮膚感覚で映し出す。今ぜひ観るべき映画だと思う。

九月十五日（金）

演じたることは忘れてしまうだろう幼き子役は腰にしがみつく

子役が殺されるシーンを、実の親は、どのように見ているのだろう。フィクションだと割り切っているのだと思うが、それでも不安を覚えることはないのだろうか。「子を乗せて木馬しづかに沈むときこの子さへ死ぬのかと思ひき」（大辻隆弘『抱擁韻』）

九月十六日(土)

観しのちの昼のひかりに血の付きし朝鮮飴が転がりゆけり

『福田村事件』の監督の森達也さんは、オウム真理教の内部に入りこみカメラを回したドキュメンタリー映画『A』(一九九八年)で、大きな話題になった。当時は上映反対の動きもあって、大阪でものものしい雰囲気の中で観に行った記憶がある(実際はすんなり観られた)。大学時代の友人が信者になっていて、オウムのカレーを食べている映像を、痛ましい思いで見つめた。

九月十七日(日)

秋夕べ凹凸おぼろになりながら軍人らしき銅像の立つ

先週、熊本城に行った。二〇一六年の地震で崩れた石垣も、かなり修復が進んでいた。天守閣の工事は継続中らしく、秋空の中、クレーンがするすると何かを吊り上げてゆく。私は宮崎県の出身で、小学校の修学旅行は熊本城だった。そのときの記憶がかすかに残っていて、黒々とした城を見ると、過去の映像が重なるような感覚に襲われる。

九月十八日(月)

亡きひとの故郷に来たり青栗は刺し合いながら風を浴びいる

河野裕子さんが三歳まで暮らした熊本県御船町を訪ねた。今年五月の歌碑除幕式から四か月ぶり。今回は、塔短歌会の人たちと生家跡を見学する旅を企画したのである。約三十人が参加。生家跡には、河野裕子顕彰会の尽力で立派な看板がつい最近建てられ、河野さんの生涯が簡潔にまとめられている。夏の間の草刈りが大変だったという話をうかがう。山深い土地で、秋の訪れも早いのか、彼岸花がいくつか咲きはじめていた。

九月十九日（火）

透かし羽《ば》という昼の蛾は飛びまわるアベリア白く咲く道を来て

子どものころ、庭に来ているこの蛾を見て、ハチドリなのではないかと思っていた。ハチドリはテレビで見たことがあったのだろう。アメリカに棲むハチドリが日本に居るはずがないが、幼い子どもは突拍子もない空想をするものだ。一度、網でつかまえたことがあるが、手で触ると鱗粉が剝がれてたちまち汚らしい姿になる。鳥じゃなかったんだ、とひどく残念な気分になった。

九月二十日(水)

シーソーにいつも打たるるタイヤありこおろぎのこえ朝に残りぬ

一晩中、こおろぎが鳴き続ける時季になった。ベッドに横たわると、虫の声に満ちた宇宙の中に浮かんでいる心地になる。「秋の夜の明くるも知らず鳴く虫はわがごとものやかなしかるらむ」(藤原敏行『古今和歌集』)

九月二十一日㈭

近所なれどあまり行かざる方位あり夕べの路地に胡麻あぶら匂う

スーパーなどがあってよく買い物に行く道がある。その反面、あまり通らない道も生じてくる。テレビによく出るお笑い芸人の実家があるらしく、ファンの間では有名らしい。たまにそこを通ると、豪華なスポーツカーが停まっていることがある。

九月二十二日㈮

空き家から空き地となりてまだ青きえのころぐさは野分に靡く

『源氏物語』の「野分」の帖を読む。「道のほど、横《よこ》さま雨《あめ》いと冷ややかに吹き入る。」という一文が目に留まる。横殴りの雨のことだが、「横さま雨」という語が優雅である。強風で御簾《みす》がめくれて、ふだん見ることができない高貴な女性の顔が一瞬見え、美しさに心を奪われる少年（光源氏の息子の夕霧）の姿が描かれている。このぞくぞくとする昂揚は、私が少年のころにも体験したような気がして、妙に共感するのである。

九月二十三日（土）

陽の落ちしのちの明るさ　やぶからしの貧しき花を
蜂は舐めおり

西脇順三郎の『旅人かへらず』は繰り返し読んだとても好きな詩集である。冒頭近くに「二　窓に／うす明りのつく／人の世の淋しき／三　自然の世の淋しき／睡眠の淋しき／四　かたい庭／五　やぶがらし」という不思議な言葉の断片がある。「やぶがらし」は、ヤブカラシという蔓草のことだろう。他の草木にからみついて、藪を枯らしてしまうらしく、嫌われている草だが、オレンジ色の飴のような花をつける。

九月二十四日 (日)

震災ののちの虐殺をかろうじて逃れし迢空　葛の花赤し

「大正十二年の地震の時、九月四日の夕方こゝ（注・東京の増上寺の山門）を通つて、私は下谷・根津の方へむかつた。自警団と称する団体の人々が、刀を抜きそばめて私をとり囲んだ。その表情を忘れない。（中略）平らかな生を楽しむ国びとだと思つてゐたが、一旦事があると、あんなにすさみ切つてしまふ。」（釈迢空「自歌自註」）

九月二十五日（月）

人ならば濡れるほかなき荒草《あらくさ》のすきまを縫いてしじみ蝶とぶ

ようやく秋めいてきた。蝶は、アゲハなどの体の大きなものから順に滅んでゆくように見える。

九月二十六日(火)

秋はいつも覗く庭ありいちじくのすきまの多き葉の茂りつつ

子どものころ、「中国のこわい話」というようなタイトルの本を、書店で立ち読みしていた。中国のりっぱな庭のある家の主人が、客を招いた。夜に、ぽきぽきと音がする。客がいぶかしむと、「庭に住む妖精がいたずらをして、木の枝を折っているんだ」と主人は答えた。しばらく経った後、主人は病気にかかり、体の骨がぽきぽきと折れながら死んでしまったという。これだけの短い話なのだが、幼い私はぞっとしてしまい、何日か眠ることができなかった。秋の庭について考えていて、ふと思い出した。ほんとうにそんな本が存在していたのかも、今となっては分からない。

九月二十七日(水)

秋の夜と宇宙のつながるところにて土星の光輪を初めて見たり

塔短歌会の上杉憲一さんに、京都の花山《かざん》天文台に連れて行ってもらった。上杉さんは「星空案内人」の資格を持っている方である。よく晴れた夜で、望遠鏡をのぞくと、土星のリングが闇の中にくっきりと浮かび上がっていた。リングの厚さは十メートルから千メートルほどらしい。土星の直径が十二万キロなので、それと比べればずいぶん薄い。そんなぺらぺらなものが宇宙空間に広がっていて、今見ているのだと思うと、不思議な気分になる。

九月二十八日(木)

みずからの睫毛ちらつく闇のなか赤き縞もつ木星うかぶ

夜の八時ごろは低い位置に木星が光っていた。松の木の梢と同じくらいの高さだった。しかし、一時間くらいで、かなり高いところに昇っている。地平が近いと、大気の影響で像が揺らいでしまうらしいが、もういいでしょうと、望遠鏡が向けられた。あの小さい星の光が、拡大するとこんなマーブルの球体になるなんて、どこか信じられない思いが残る。

九月二十九日㈮

人の顔おぼろな闇に秋の星フォーマルハウトを教えられたり

みなみのうお座の一等星。秋の南の空には明るい星が少なく、この星だけがぽつんと見えることが多いらしい。ただこの日は、土星が近くに来ていて、「今日は孤独ではないですね」と天文台の人が語っていた。

九月三十日（土）

星見れば生がむなしくなるゆえに電燈つけて空を覆いぬ

最近の望遠鏡は、星の光を増幅して、スマホに転送するシステムになっているそうだ。何も見えない夜空なのに、スマホを見ると、無数の星が鮮明に映っている。人間の目は、ほんのわずかなものしか捉えられないことを改めて実感する。その星の中には、一億光年もの彼方に存在しているものもあるという。そんな話を聞いていると、さまざまな出来事がひどく無意味に感じられてくる。地球が滅びようと、宇宙は何も変わらないのだ。

OCTOBER

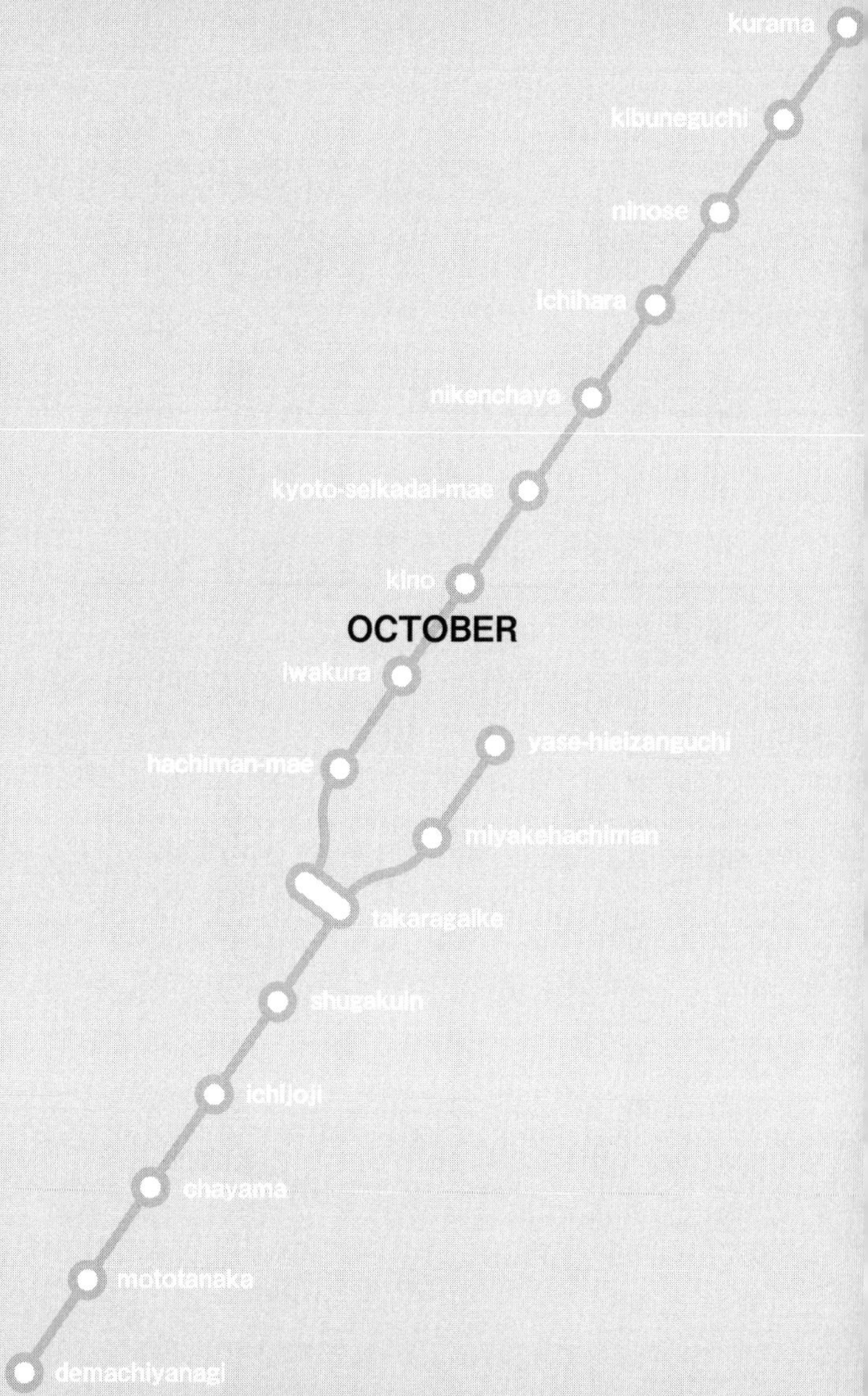
kurama
kibuneguchi
ninose
ichihara
nikenchaya
kyoto-seikadai-mae
kino
iwakura
yase-hieizanguchi
hachiman-mae
miyakehachiman
takaragaike
shugakuin
ichijoji
chayama
mototanaka
demachiyanagi

十月一日(日)

夕陽さす城の手すりに寄りながら帽子のような秋富士を見つ

「みぎわ」の四十周年記念大会に参加するため、甲府へ。「みぎわ」は故・上野久雄さんが創刊した、山梨県を中心とする短歌誌である。私は「上野久雄の歌の魅力」というタイトルで講演をした。「この夜来しおみなのひとり三角にトイレの紙を折りて帰りぬ」(『夕鮎』)。具体的な描写の中に、艶なるものを漂わせる上野さんの歌が好きだった。

十月二日(月)

城跡の幅みだれたる石段をのぼりきたりて甲斐駒《かいこま》ヶ岳に遇う

甲斐駒ヶ岳は上野久雄さんの愛した山であった。「鋭角に天つく雪の甲斐駒が月のあかりに凍結をせり」（『炎涼の星』）。初めてこの山を見ることができた。甲府からはかなり遠いのだが、「鋭角に天」を突く姿はくっきりと見える。夕雲が巻きついているのも美しかった。

十月三日㈫

亡きのちを時は流れて震災もコロナも知らぬ人になりたり

上野久雄さんは二〇〇八年に八十一歳で亡くなった。その前年に、河口湖で行われた「みぎわ」の大会でお会いしたのが最後になった。そのころはかなり体調が悪かったようで、歌会の休憩時間には、和室で臥していた。しかし、歌会が始まると、席について鋭い眼光で前を見つめ、しばしば厳しい言葉を発するのだった。最後まで歌に生きようとする思いが伝わってきて圧倒された。握手をして別れたのだが、白い手がひんやりと湿っていたことが忘れられない。

十月四日㈬

死者とともに思い出し笑いをしていたりワイングラスは影赤く置く

上野久雄さんはかつて競馬にのめり込んでいた。ワインを飲みつつ、当時の話を聞いたことがある。「百万円馬券を買ったレースが負けたときはね、小便《しょんべん》ちびるくらい気持ちがいいんですよ」とおっしゃっていて、この人は本当にやばい人だと思った。勝つためではなく、破滅のスリルを味わうために競馬をしていたのではないか。

十月五日㈭

台本を直前まで読むスタジオに吾亦紅あり影を消されて

NHK短歌の収録のため渋谷へ。今回のゲストは作家の小川哲《さとし》さん。直木賞を受賞した『地図と拳』は、満州の或る都市の興亡を描いた巨編で、せっかく作者にお会いしたのに「すごい小説でした」という言葉しか出て来なくて、語彙の足りなさを恥ずかしく思った。「都市がいつ、どこに、どのように建設され、どのように滅びたか。それらはいつも、声によって保存されてきた。詩人がそれらの物語を暗記して、特別な機会に詠唱した。死を前にすると、詩人は自分の物語のすべてを弟子に伝えた。そうやって、人類の痕跡は口伝によって語り継がれてきた。」（『地図と拳』）

十月六日（金）

何を食べたいか分からず夕路地を行き戻りする一人の旅に

「旅」の語源は、「給《た》ぶ」（お与えになる）から来ているという説が有力である。旅先では、食料や寝る場所など、いろいろなものを土地の人々からいただかねばならない。「食べる（食ぶ）」もまた、「給ぶ」から生じた言葉であろう。「旅」と「食べる」はつながっている。二人以上の旅は、どこに食べに行くか話し合うのも楽しい（ときには不本意な結果になるかもしれないけれど）。一人旅では自分で決めねばならず、かえって迷ってしまう。

十月七日㈯

鞄へと『鵺《ぬえ》の碑《いしぶみ》』戻しおり読み終わらずに旅をはみ出す

「不幸なのはあなたの所為じゃない。あなたが不遇なのだとしたら、その背後にはこんな秘密があるからなのですよ——と、実《まこと》しやかに語られると、まあそう思ってしまうものなんですよ。そうした悪しきものごとは、過去に於いては化物妖物の所為にされていたものなんですがね。」（京極夏彦『鵺の碑』）

十月八日（日）

急に肌寒くなりたり肌という淋しきものに黒きシャツ着る

今日は千葉優作さんの第一歌集『あるはなく』の批評会。千葉さんは北海道紋別から、京都までいらっしゃる。北の大地はもうかなり冷えてきているだろう。「生返事するときいつもゆふぐれの雁を見送るやうなあなただ」（『あるはなく』）。雁は京都市ではほとんど見ることができないが、千葉さんの住むあたりでは今も空を渡っているのだろうか。

十月九日(月)

ときに老女を見ることのあり板塀のすきまにほそく白萩の花

落合直文は萩の花を愛した歌人で、明治三十九年、死後に『萩之家歌集』が刊行された。「庭ぎよめはやはてにけり糸萩をむすびあげたるその縄をとけ」。庭掃除をしている間は、萩の枝は邪魔になるので、吊り上げていたのである。やっと終わったので、縄をほどけと命じている。私はこうした穏やかな生活の細部が目に浮かぶ歌が好きである。

十月十日㈫

同じ音《ね》をどこまでも鳴く蟋蟀《こおろぎ》のわれのねむりにはぐれてゆきぬ

虫の声は眠った後の耳にも聞こえているのだろうか。夢の中で、こおろぎの声が響いていた記憶はないけれど。死の間際でも、耳は最後まで聞こえているという話を思い出す。

十月十一日㈬

おじいちゃんのようでも幼児のようでもあるうさぎを抱きぬ脚はだらんと

飼っているうさぎは人間なら八十歳に近いらしい。まだまだ元気で、小さいぬいぐるみを見ると、性交を挑もうとする。オスはいつまでもオスなのである。その必死さが、ときに涙ぐましく感じられる。

十月十二日㈭

ロープウェイの震える底を踏みながら緑の覆う谷越えてゆく

書写山の圓教寺に行った。ＪＲ姫路駅からバスの終点まで行き、ロープウェイで登ってゆく。瀬戸内海に浮かぶ島々が遠くに見える。和泉式部はこの寺を訪れ、名歌「暗きより暗き道にぞ入りぬべき遥かに照らせ山の端《は》の月」（『拾遺和歌集』巻第二十）を詠んだという伝説がある。境内には歌塚と呼ばれる石塔が立っている。

十月十三日（金）

大寺の床《ゆか》を覗くにアリジゴクの巣はならびおり月面に似て

圓教寺の伽藍の大きさには圧倒された。二〇〇三年の映画『ラスト・サムライ』の撮影が行われ、トム・クルーズもここに来たという。小池光に「武田騎馬隊西南の役に闖入《ちんにふ》すかかる映画をわがたのしまず」（『時のめぐりに』）という歌があり、そのせいではないけれど、この映画は未見である。

十月十四日㈯

湯を細め珈琲淹《い》るる　ふいに来て前からずっといたような秋

田村穂隆さんの第一歌集『湖《うみ》とファルセット』の批評会のため、島根県松江市へ。「夕暮れに雲が葡萄のようだった握り潰せば台風がくる」など、色彩や質感が強く迫ってくる歌が多い。「明太子、とても美味しい。産まれたい気持ちが口の中にあふれる」。生きていることへの呪詛と、それでも生きようとする思いが混じり合う歌があり、忘れがたい印象を残す。

十月十五日(日)

顔は暈《ぼか》され運ばれてゆく人体にタトゥー見えたり藻のごとく過ぐ

十月七日、イスラエルの砂漠で行われていた野外音楽祭を、ハマスの部隊が襲撃。二五〇人以上の遺体が発見されたという。また、多数の若者が拉致されたという報道もある。

十月十六日(月)

砂漠にて踊れば手足ひろがらむ　音楽のなか殺されたり

野外音楽祭に参加していたアメリカ人のリー・サシさんは、会場近くの防空壕に逃げ込んだが、手榴弾が投げ込まれ、銃弾が撃ち込まれた。おびただしい遺体の下に潜り込み、七時間後に救出されたという。

十月十七日㈫

逃げのびし人の睫毛の長かりき　死者はまばたかず砂塵のなかに

野外音楽祭に参加していたエリノー・ゲンバリアンさんは大型冷蔵庫の中に六時間半隠れ、生きのびたという。近くの冷蔵庫に潜んでいた女性は引きずり出され、殺害される声が聞こえたと証言した。

十月十八日㈬

ハマスなど検索しつつ時は過ぐ知らざるは罪と言えども知らず

「私はイスラエルに来て、このエルサレム賞を受けることについて、『受賞を断った方が良い』という忠告を少なからざる人々から受け取りました。（中略）その理由はもちろん、このたびのガザ地区における激しい戦闘にあります。これまでに千人を超える人々が封鎖された都市の中で命を落としました。国連の発表によれば、その多くが子供や老人といった非武装の市民です。」（村上春樹「エルサレム賞受賞スピーチ・壁と卵」二〇〇九年）

十月十九日㈭

どちらも悪、という言葉の逃げ場ありガザから遠く生きる我らに

ガーゼは、ガザで作られた織物が語源であるという説がある。「北の窓ゆつらぬき降りし稲妻にみどり子はうかぶガーゼをまとひ」（小池光『バルサの翼』）

十月二十日㈮

脱ぎ置きし浅葱《あさぎ》の羽織をまといたりあと数手にて敗れる前を

十月十一日、王座戦第四局が、京都市のウェスティン都ホテルで行われた。終盤、永瀬拓矢王座に致命的なミスが出て、藤井聡太の大逆転を許すことになった。悪手を指した直後の、永瀬王座が茫然と宙を見つめる顔、そして覚悟を決めて、秒読みの声が響く中で、静かに和服を整えていた姿が忘れられない。

十月二十一日㈯

石のごとき肩の寒さに目覚めたり暁闇《あかつきやみ》を鳴く鳥のある

そういえば明日は鞍馬の火祭である。叡山電車の終点の鞍馬駅まで、何度か見に行った。松明《たいまつ》を持った里人たちが、サイレイサイリョウと不思議な掛け声を発しながら夜道を歩いてゆく。幼い子どもも行列に交じっていて、火が怖くて泣きだしたりする。パチパチと爆ぜる大きな炎。ふわふわと飛んでゆく火の粉。赤く照らし出される山の樹々。古代の村が蘇ったような情景が広がるのである。ただ、最近はあまりに観光客が多く（特に海外の人々が増えた）、押し合いへし合いしながら眺めることになってしまった。行きたいけれど、今年も諦めることになりそうだ。

十月二十二日(日)

曇りたる湖《うみ》の夕べは一隅《ひとすみ》に赤現れて暗みゆきたり

先週、田村穂隆さんの歌集『湖とファルセット』の批評会のため、島根県の松江市を訪れた。会が終わり、宍道湖のほとりを少し歩いた。批評会の後は、言い足りなかったと思ったり、言い過ぎたと思ったりで、いつも不安定な気分になる。

十月二十三日（月）

灯の集《つど》う岸より橋をあゆみゆき闇濃き湖《うみ》の半ばに出づる

飲み会が十時ごろに終わり、宍道湖大橋を渡って、ホテルまで戻る。島根県の歌人や、遠くから来た歌人の方々と、さまざまな話ができて楽しかった。東京中心になりやすい歌壇に対して、自分たちの場所から発信していこうという動きが、確かに活性化している。湖のある美しい風土は、そうした人たちの心の支えになっているように感じた。

十月二十四日㈫

束なして朝の湯落つるかたわらに酒の残れる身を浮かべおり

少し二日酔いだが、午前六時にホテルの温泉浴場に向かう。湯気で曇っている窓のむこうに、金色に光る宍道湖が広がっている。小さな舟が、その光を割るようにして沖に出てゆく。湯につかっているうちに、体がすっきりとしてくるのを感ずる。生きているのは嬉しいなと、ちょっと大げさなことを思ってしまう。

十月二十五日㈬

雨落とす雲あり落とさざる雲も秋のみずうみの上を過ぎゆく

妻とともに出雲大社に行った。一畑《いちばた》電車というローカル線が、一時間ほどで松江と出雲をつないでいる。車窓からはずっと宍道湖が見えていた。強い雨が降ったり、急に晴れたりと、忙しい空模様だった。小さな入り江に、白鳥が数羽浮かんでいるのが目に入ったが、電車はたちまちに通り過ぎてゆく。

十月二十六日㈭

石うさぎ多き町なり出雲路にしばしば妻の写真撮りつつ

十月の出雲は「神在月《かみありづき》」で、そんな時期に訪れることができて嬉しく思っていたのだが、あれは旧暦なので、まだ神々が集まる前だったようである。「出雲そば」の店に入った。三段重ねの円い漆器に、そばが入っており、だしをかけて食べる。いつも食べるざるそばよりも柔らかめで、優しい味である。

十月二十七日㈮

敗れたる神を鎮めし地と言えり雨ののち薄き靄のただよう

「出雲の神々への信仰が内包する『おそれとそなえ』は、どんなときにも危機を忘れてはならないという思想である。国譲りで日本の国を大和政権に譲ったオオクニヌシ、その幸魂であるオオモノヌシは、祟る神でもあった。こうした神々のことを忘れるならば、恐ろしいことが起こるという思想をも『日本書紀』の編纂者たちは書き残した。」（桑子敏雄『風土のなかの神々』）

十月二十八日㈯

三百の銅剣ならぶ壁を過ぐ今日聞きしガザの死者おもいつつ

島根県立古代出雲歴史博物館は、出雲大社の東側にある。出雲市の遺跡で発見された、三百五十八本もの銅剣が展示されている。三百という数字を、実際に物体として見せられると、視野全体がふさがれる感じで、圧倒的な力で身に迫ってくる。数字として知っていても、実感はできていないことが、この世に多い気がする。

十月二十九日（日）

灯を消せば月のひかりは青白く這うものとして床《ゆか》に来ており

今日の朝の五時すぎ、月蝕が起きるという。ただ、そんなにすごいものではなく、満月の一部が齧られたような形になるらしい。西行には月蝕を詠んだ歌がある。「忌むといひて影に当たらぬ今宵しもわれて月見る名や立ちぬらん」（『山家集』）。月蝕の光に当たるのは不吉だったらしい。それでも月を見る自分は、悪評が立つだろうと歌っている。

十月三十日（月）

月射せり　死はひとしなみに来るものを戦死のかくも偏る世界

斎藤茂吉の『寒雲』に「九月一日二日独逸ポーランド国境戦争のみじかき記事あり」という歌がある。一九三九年九月のヒトラーによるポーランド侵攻が、第二次世界大戦を引き起こしたのだった。しかし、それが起きた時点では、「みじかき記事」として伝えられただけだった。後で振り返って、大きな悲劇の始まりだったことに気づかされるのである。二〇二三年の今、もう何かが始まっているのだろうか。それともまだ起きてはいないのだろうか。

十月三十一日㈫

ガザに死ぬ子が目のなかに残らぬようネットを離れたり夜《よ》の更けに

「瓜食《は》めば　子ども思ほゆ　栗食めば　まして偲《しぬ》はゆ　いづくより　来たりしものぞ　まなかひに　もとなかかりて　安眠《やすい》し寝《な》さぬ」（山上憶良『万葉集』巻第五）。憶良が歌ったのは、もちろん自分の幼い子だろうが、自分の子でなくても、なまなまと目に浮かんでくることがある。

NOVEMBER

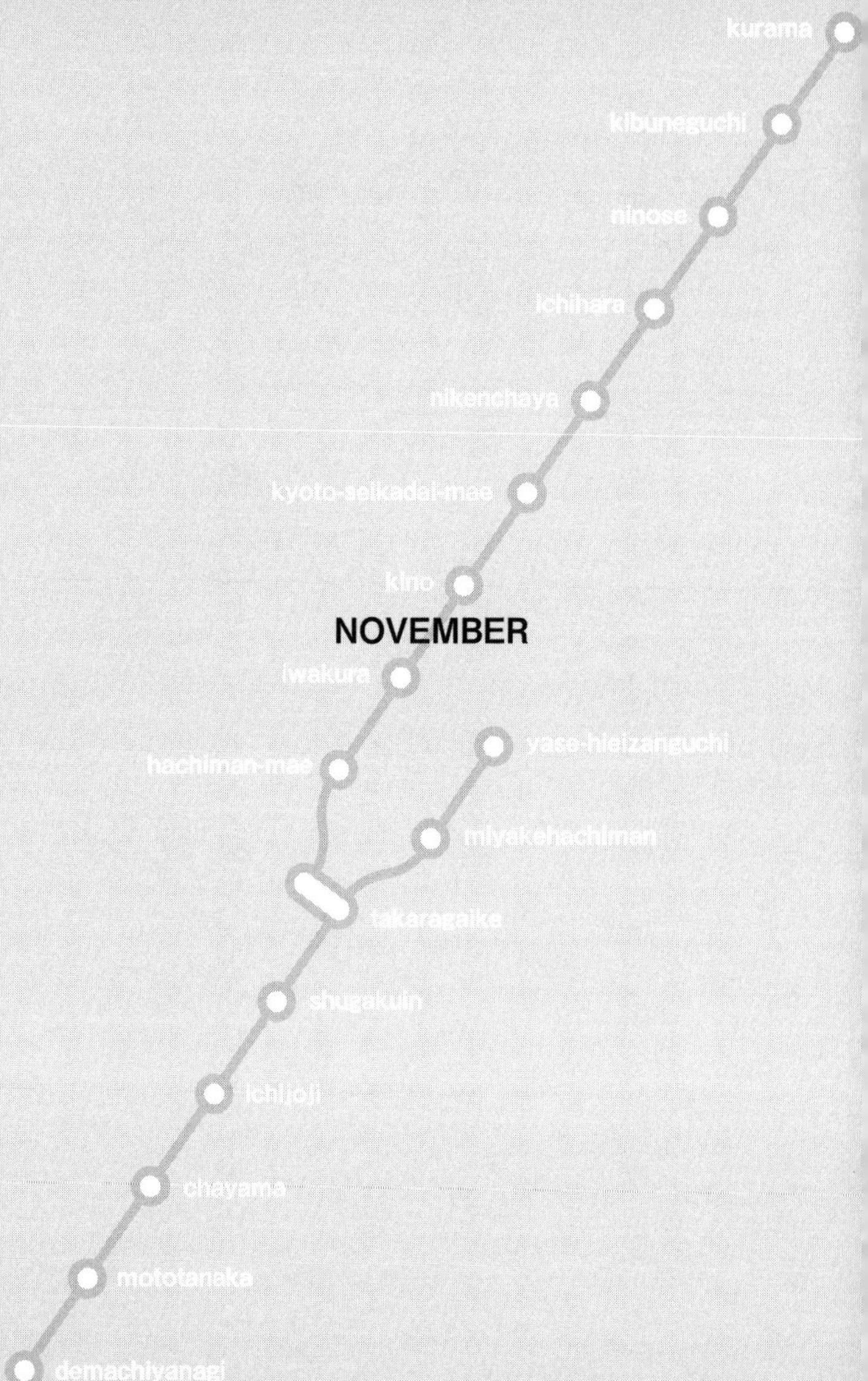
kurama
kibuneguchi
ninose
ichihara
nikenchaya
kyoto-seikadai-mae
kino
iwakura
hachiman-mae
yase-hieizanguchi
miyakehachiman
takaragaike
shugakuin
ichijoji
chayama
mototanaka
demachiyanagi

十二月二日(水)

毛の包む耳を撫でおりごめんなあ交尾させずに十年過ぎた

「走る獣は、檻にこめ、鎖をさされ、飛ぶ鳥は、翅《つばさ》を切り、籠《こ》に入れられて、雲をこひ、野山を思ふ愁へ、止《や》む時なし。その思ひ、わが身にあたりて忍びがたくは、心あらん人、これを楽しまんや。」(『徒然草』第百二十一段)

十一月二日㈭

陽に群れる紫苑の花のその一部切られて卓に影を帯びたり

紫苑の花の歌といえば、「ささやきを伴ふごとくふる日ざし遠き紫苑をかがやかしをり」（相良宏）が忘れられない。相良宏は結核のため、一九五五年に三十歳で亡くなった歌人である。

十一月三日㈮

緞帳の古びた市民会館に谷村新司を見しことのあり

叔母が好きだったので、小中学生のころ、アリスのレコードをよく聴いていた。当時の谷村さんはまだ三十代だったはずだが、アリスの曲には、年を取ってゆく悲しみを歌ったものが少なくない。「何処へ」がその典型だが、「チャンピオン」も老いて敗れてゆく男がテーマ。一九七〇年代は、三十代でも、もう老いを意識する時代だったのかもしれない。いつまでも若いと思って甘えるな、という社会規範が強かったのだとも言える。

十一月四日(土)

火は板を走りて大き絵となりぬ一度だけ見た祭りを話す

近江八幡市の篠田神社の祭りを、二十年くらい前に見に行ったことがある。江戸時代から伝わる仕掛け花火だそうで、すさまじい爆音のあと、あたり一面が硫黄の臭いのする煙に覆われ、咳が止まらなくなった。火で描かれた絵が美しかったはずだが、肺の苦しさばかりが記憶に残り、どんな絵だったのか全く思い出せない。

十一月五日(日)

初期・晩期どちらが良きか論じつつ小籠包《ショウロンポウ》に醤油が滲《し》みぬ

クリープハイプに、ファンから「ファースト・アルバムのほうが良かった」と言われる、という曲がある(「一生に一度愛してるよ」)。短歌でも、第一歌集のほうが良かった、と言われることは多いですよ、と尾崎世界観さんに話した。作者としては、初期の作品から苦労して進歩しているつもりなのだが、知らず知らずのうちに失っているものはあるのかもしれない。代々木の古い店の中華料理が美味しかった。

十一月六日(月)

秋暑し　郵便局に立ててあるシニアグラスが陽をふくらます

数年後には忘れ去られるのだろうが、この国の首相は「増税メガネ」と呼ばれるようになった。不思議なことに「増税の岸田」と直接に呼ぶより、メガネのことを言うほうが圧倒的にインパクトがある。名前を出さないほうが、悪いイメージは漂うのだ。言葉の奇妙な効果というほかない。『徒然草』の「堀池《ほりけ》の僧正」の話（第四十五段）も思い出される。

十一月七日㈫

死者の数を知るほかになき日が続く秋空にもう蜻蛉はあらず

十一月一日、ガザ地区の死者数は八七九六人になったという発表があった。イスラエル側の死者数は一四〇〇人以上だという。合計して一万人を超えた、とニュースは告げていたが、〈合計する〉という意味が分からなくなり、困惑してしまった。「遺棄死体数百《すうひやく》といひ数千《すうせん》といふいのちをふたつもちしものなし」（土岐善麿『六月』）

十一月八日（水）

ジェノサイド止めるひと無きか　幻の谷と呼ばれし町を思いぬ

「〔幻の谷に関する託宣〕　なんということだ、いったいおまえたちは、みんなして屋根に上って。ああ、そうぞうしい喧噪《けんそう》の巷、歓呼の町よ。」（イザヤ書・中公クラシックス『旧約聖書』中沢洽樹　訳）

十一月九日（木）

カセットの途中で切れた曲だった続きを聴けりその転調を

カセットテープは四十六分のものが多かった（A面・B面で二十三分ずつ）。レコードもだいたいこの長さなので、普通はぴったり録音できるのだが、ときどきレコードのほうが長くて、曲の終わりが切れてしまうことがあった。坂本龍一の『千のナイフ』も、A面がぎりぎりで入らなかった記憶がある。そのときの残念さは、若い世代にはなかなか想像しにくいだろう。

十一月十日（金）

白葱を鍋のほとりにきざむたび車輪となりて転がる転がる

丼にオリーブ油とレモン汁（壜に入っているもの）を垂らし、パスタと納豆と白葱と塩を加えてかき混ぜる。大学の食堂でよく食べていた、酸味の強い「納豆スパ」の再現である。昼にときどき作って食べる。私はとても好きなのだが、懐かしさという隠し味が作用して、おいしく感じるのかもしれない。

十一月十一日㈯

春に似た夕陽の高さ　足の影たばねて猫は舗道をあゆむ

十一月になり、日が沈むのがずいぶん急になった。太陽の動きが速くなるわけはないから、錯覚にすぎないのだろうが、みるみるうちに暗くなってゆく感じがする。「秋の日はつるべ落とし」という。つるべなんて使ったことがないのに、なんとなく分かった気になるから、言葉とは奇妙である。

十二月十二日(日)

見ることも見ざることも罪　ガザの子は血に濡れ瓦礫の上を運ばる

娘がまだ学生で同居していたころ、夕食のときにニュースを見るのをとても嫌がった。事件や事故の映像を見ながら、平然と食べるのが信じられないと言うのである。いま娘がいたら、テレビは真っ黒に消されているだろう。

十二月十三日（月）

雨水の退《ひ》きたる土にどんぐりはどんぐり同士かたまり合えり

祖父は歴史が好きで、遺跡から掘り出した石斧などを持っていた。戦前は勝手に掘っても良かったらしい。祖父が亡くなった後は私の部屋に置いてある。十年くらい前だが、椎の実は食べられるという話を聞き、フライパンであぶり、石斧で割って食べてみたことがある。香ばしくて、ほのかに甘いが、たくさん食べられるものではなかった。縄文人になった気分は味わえたけれど。

十二月十四日㈫

足首まで闇に浸《つ》かりてゆうぐれの道を帰りぬ葱を立てつつ

京都の九条葱《くじょうねぎ》は有名で、スーパーでもよく売っている。太めの青葱で、根っこ近くの白い部分も、固く締まっている。ざくざくと切り、ゴマ油で鶏肉と焼いて、温かいうどんの上にのせるだけでも、とても美味い。冬になるとよく作って食べる。「九条葱せんべい」というものもあり、憲法九条を護る会の方へのお土産にしたら、大変喜ばれた。

十一月十五日(水)

背表紙を金《きん》に照らせる秋の陽のたちまち消えてうすやみの部屋

一度読んだ現代思想の本なのに、十年くらいして開いてみると、ほとんど憶えていなくて、鉛筆で引いた線だけがむなしく残っていることがある。何日もかけて読んだのに、あの時間は、結局自分のなかに蓄積されることはなかったのか。そう思うと、虚無感の中に落ち込んでいく気がする。

十一月十六日㈭

生き残りたるゆえ語り継がれたり『遠野物語』に人襲う熊

「……熊の足跡を見いでたれば、手分けしてその跡を覓《もと》め、自分は峰の方を行きしに、とある岩の陰より大なる熊こちらを見る。矢頃あまりに近かりしかば、銃をすてて熊に抱へ付き雪の上を転びて、谷へ下る。」（柳田國男『遠野物語』）

十一月十七日㈮

液晶にガザの血は映りこちらまで溢れ出さねば卓上に置く

「『ホロコースト』の後、第二次世界大戦を生き延びたユダヤ人たちは、当然ながら深い信仰上のつまずきに遭遇した。『なぜ、私たちの神はみずから選んだ民をこれほどの苦しみのうちに見捨てたのか』という恨めしげな問いを多くのユダヤ人は自制することはできなかった。中には信仰を棄てるものもいたし、権謀術数や軍事力でしか正義は実現できないというシニスムに走るものもいた」（内田樹『私家版・ユダヤ文化論』）。今のイスラエルはシニスム（冷笑主義）に支配されてしまったのだろうか。

十一月十八日㈯

黒き岸に挟まれながら夕空を川は映せり遠く曲がりゆく

私の家の近くを流れる高野川には、石を積むアーティストが現れる。河原の石を、崩れないよう、見事なバランスで美しく積み上げるのである。「ロックバランシング」というらしい。ネットで検索すると、驚異的な作品にいくつも出遇えるはずである。夕暮れの川に、不思議な形の石の塔が残っているのを、ときどき見かけることがある。

十一月十九日（日）

雲靡く列島を背に予報士は「時間を動かしてみましょう」と言う

京都では北山時雨の降るころとなった。大陸から雲が流されてきて、盆地に雨を落としてゆくために起きる現象らしい。急に冷たい雨が降ってきて、しばらくすると青空が戻ってくる。それが何度も繰り返されたりする。雨の後に西陽が射すと、比叡山のあたりに大きな虹ができる。赤や青や紫がくっきりしているので、物質のように感じられる。

十一月二十日(月)

玉眼《ぎょくがん》をまぶたの挟み秋雨の庭に向きおり祇王の像は

平清盛に寵愛された舞姫の祇王《ぎおう》は、仏御前《ほとけごぜん》という新しい女が現れたために、御殿から追い出されてしまう。世をはかなんだ祇王は、母と妹の祇女《ぎじょ》とともに、出家して嵯峨野でひっそりと暮らすようになった。しばらくして、生の虚しさを知った仏御前が訪ねてきて、ともに仏道に励み、極楽往生を遂げたという。『平家物語』の中でも、特に哀感の深い挿話である。嵯峨野の祇王寺には、祇王たちの墓といわれる石塔が残っている。

十一月二十一日㈫

祇王寺のほそき石段のぼりゆく秋泥《しゅうでい》という言葉あらねど

祇王寺には、祇王、祇女、仏御前の生きているような木像がある。そして、平清盛の像もいっしょに供養されている。女たちの悲劇の元凶である清盛がここにいるのは奇妙な感じもするが、死後には赦しが与えられたということなのだろうか。ただ、清盛像は厨子の枠に隠れるような位置に置いてあり、冷たく扱われている印象がある。

十一月二十二日(水)

傘ひらき閉じてふたたびひらく道　紅葉を囲う寺に入りゆく

嵯峨野の二尊院へ。雨雲のかかった小倉山が見える。「わがものと秋の梢《こずゑ》を思ふかな小倉《をぐら》の里に家居《いへゐ》せしより」（西行『山家集』）はこのあたりで詠んだ歌だろう。紅葉の美しさを自分だけのもののように感じる。この地に住んでいたら、そんな気持ちになるのも当然だと思う。

十一月二十三日㈭

雨雲に蓋《ふた》をされたる嵯峨野にて小豆ミルクの温《ぬく》きを飲みぬ

『万葉集』や『小倉百人一首』などの英訳をされているピーター・マクミランさんのお宅を訪問する。古民家を改築した美しい家にお住まいである。あたりは竹林で、静かな雨音が響いている。英語と日本語の詩の違いについていろいろとお話をうかがったが、特におもしろかったのは、英語では同じ言葉の繰り返しが好まれない、ということ。「心あてに折らばや折らむ初霜の置きまどはせる白菊の花」（凡河内躬恒）では、「折らばや折らむ」が独自のリズムを生み出しているが、英訳では「pluck a stem」（茎を折る）になり、語を反復させない。代わりに「from the first frost」（初霜から）とFの音を繰り返して音韻の美しさを作り出した、とのこと。昼食のあと、嵯峨野をしばらく歩いた。

十一月二十四日㈮

雨は夕べを加速してゆく化野《あだしの》へ数分の道あれども行かず

ピーター・マクミランさんの故郷はアイルランドである。「アイルランドといえばU2ですね」と話すと、「知っていますか」ととても喜ばれた。U2のボーカルのボノさんと年が同じなのだという。私が高校生の頃に名盤『ヨシュア・ツリー』が出て、その後も断続的だけれど、聴き続けてきた。「Sunday Bloody Sunday」という曲で、北アイルランド紛争について私は知ったのだった。音楽によって民族の悲しみは遠いところまで伝わってゆく。音楽の力を改めて思う。

十一月二十五日㈯

鳥啼けり　里の紅葉と山もみじ混じるあたりの石段を踏む

「奥山に紅葉ふみわけ鳴く鹿の声聞くときぞ秋はかなしき」（猿丸大夫）は、紅葉を「ふみわけ」るのは、鹿か、自分（私）か、で解釈が分かれる。古い和歌では「五・七／五・七／七」と切れる歌が多いので、「紅葉ふみわけ」で一旦切れると読むほうが自然なのかもしれない。その場合は、自分が紅葉を踏んでいることになる。私もどちらかというと、こちらの解釈のほうが好きである。言葉を切って、間《ま》を作ることで、主体のようなものがくっきりと現れてくる。ピアノ曲でも、弾く音の切れ目に、演奏する人の存在が強く現れることがある。無音、空白が、かえって人間を感じさせる。そうした歌に私は魅力を感じるのである。

十一月二十六日(日)

十年後、秋は無いかも知れなくて白を載せつつ貴船菊立つ

紅葉の色づきが悪く、山は黄色と褐色と緑のだんだら模様になっている。「春夏冬」と書いて「あきない(商い)」と読ませる駄洒落が昔からあるが、もし本当にそうなったら、旅行業界は商売が成り立たなくなってしまう。

十一月二十七日(月)

設定を笑われている　昔見たアニメは線が太くて粗い

ユーチューブで昔のアニメがよくからかわれている。『巨人の星』の星飛雄馬は小柄なので、ボールの力が弱く、すぐホームランを打たれてしまう。それで無茶な特訓をして魔球を創り出してゆく。荒唐無稽のようだが、資源がないために新技術を開発するしかない、という戦後日本のメタファーでもあった。だから強いリアリティーが生じて、当時は多くの人々が感動の涙を流したのだ。しかし、「時代のリアリティー」が失われると、ギャグのように見えてしまうのである。

十一月二十八日㈫

秋雨の音の群立《むらだ》つ金堂に拝観券を売る指の見ゆ

一九八五年から八八年に、京都には古都税というものがあった。拝観料に五十円の税がかかる。これにお寺が反発して、拝観停止にするという一種のストライキが起きた。私が京都に住むようになったのは一九八九年で、当時の様子は知らないけれど、死ぬ前に広隆寺の弥勒菩薩像を見たい、という病者もきっといたはずで、そんな人にはつらい年月だったろうと思う。最近は海外からあまりにも多くの観光客が訪れて、さまざまな弊害が起きているにもかかわらず、京都市の財政はひどいことになっているらしい。今こそ古都税をやってもいいんじゃないか、と思うことがある。

十一月二十九日㈬

菊ならぶ甃《いし》のあたりもいつか来た寺と思いて靴を脱ぎおり

京都に住み始めてからもう三十五年以上になる。過去の記憶がだんだん曖昧になってきて、初めてなのか、前に来たのか、分からなくなってしまうことがある。「帰り来て時差の林をさまよへば京のしぐれにぬれつつぞ行く」（岡井隆『神の仕事場』）

十一月三十日㈭

水は水を押しつつうごく四万十にほそく映りぬわれの朝影

第三十回四万十川短歌全国大会に招いていただいた。大会の日は雨だったが、翌日は秋晴れで、四万十川の美しさを堪能することができた。沈下橋を初めて見た。欄干がない低い橋で、大水のときに流木などが引っかからないので、氾濫が起きにくいのだそうだ。手すりがないから、渡るときは妙に不安になる。川面をのぞくと、水が澄みきっていて、丸い石の一つ一つがくっきりと見える。

DECEMBER

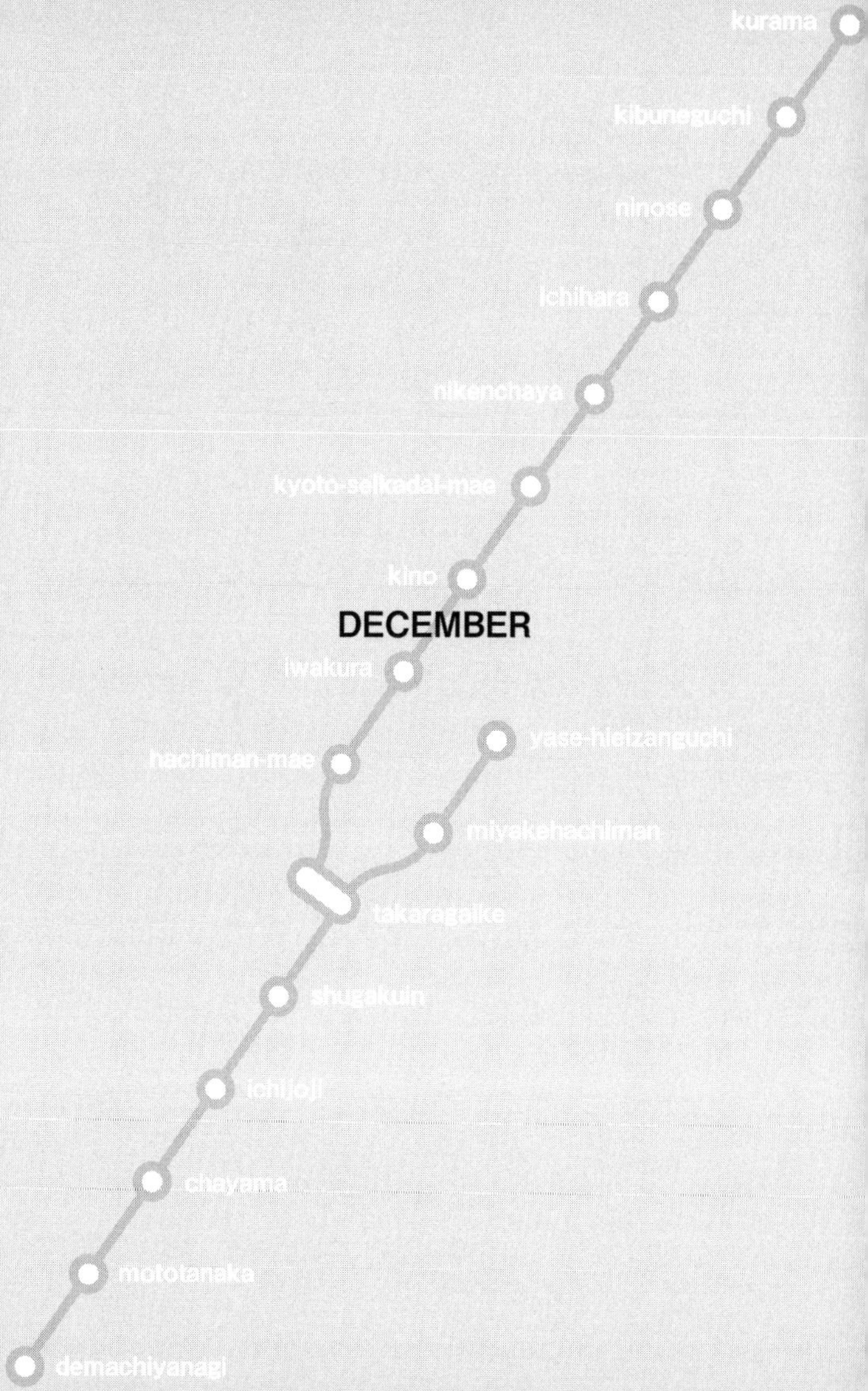
kurama
kibuneguchi
ninose
ichihara
nikenchaya
kyoto-seikadai-mae
kino
iwakura
yase-hieizanguchi
hachiman-mae
miyakehachiman
takaragaike
shugakuin
ichijoji
chayama
mototanaka
demachiyanagi

十二月一日㈮

落ち鮎漁近きといえりしずかなる水の厚みはみどりを帯びぬ

四万十川に行ったのは、十一月十九日。そのとき、落ち鮎漁の解禁日は十二月一日と教えてもらったのだった。今日から漁が始まるのだなと思う。写真が市役所に展示してあった。白い霧が漂う川面に、たくさんの釣り人が立ち、小舟も浮かんでいる。その上に、赤い鉄橋が架かっている。幻境のような一枚だった。

十二月二日(土)

たぷたぷと水紋ゆらしいる川のつねに聞こゆる音は消えゆく

かなり前だが、中学校の国語の教科書に、笹山久三の「四万十川『コロバシ』漁」という文章が載っていた。「コロバシ」とは竹の筒で、川に沈めておくと、ウナギが入ってきて捕まえることができるという。どんな話だったか細かいことは忘れてしまったが、初めてコロバシ漁をさせてもらえることになり、喜びに胸をはずませている少年の姿は、文字で読んだだけなのに、脳裡に鮮明に残っている感じがする。四万十市郷土博物館で、コロバシの実物を見ることができて嬉しかった。

十二月三日(日)

どこを見ても光の撥ねる海があり天狗の鼻という岩に出《い》づ

足摺岬まで車で案内していただいた。前日は低気圧が通過していって、大荒れだったが、遥か彼方まで晴天が広がっている。昔、田宮虎彦の『足摺岬』を読んだことがある。死のうとして岬に向かう青年の姿が、中学生くらいだった私には衝撃的だったが、内容はほとんど憶えていない。記憶はないのに、なんとなく心の中に残る本はあるのだな、と思う。

十二月四日(月)

船過ぎてしばらく残る白筋を揉み消してゆく冬の海《うな》面《も》は

「世の中を何に譬《たと》へむ朝開《びら》き漕ぎ去《い》にし船の跡なきごとし」(沙《さ》弥《み》満《まん》誓《せい》『万葉集』巻第三)を思い出す。人はいつか死ぬ。人生とは虚しいものだ、という感慨を歌っているのだが、この一首を読んで目に浮かぶ海の風景は明るく美しい。虚無的ではあるが、世界への希望は失っていない。そんな感じがするのだ。

十二月五日㈫

青く輝《て》る海に差し出す牲《にえ》のごと灯台は岩のうえに立ちたり

足摺岬の灯台に向かう道には、ツワブキがいくつも咲いている。その黄色い花にアサギマダラがじっととまっている。この蝶はフジバカマの花を好むことで知られており、寒くなると南へと移動してゆく。初冬に咲いているのはツワブキだけだから、その蜜を吸ってエネルギーを蓄えているのだろう。ここから海を渡ってさらに南の島へ向かうという。

十二月六日㈬

遍路《へんろ》道に沿いゆく海はまぶしかり鯨の跳ぶを見しという人

岬の近くのレストランで昼食を食べた。珍しいハガツオ（歯鰹）が捕れたらしく、その刺身をいただく。普通の鰹より美味しいそうで、たしかにじわっとした甘みがある。窓からは灯台が見える。その下の海はそうとう深く、去年の三月に二頭の鯨が何度もジャンプするのを見た、とレストランの女性は語ってくれた。長い間ここで働いていますが、あんなの初めて見ました、とのこと。何度も窓を見るが、ただ海が光っているだけである。

十二月七日㈭

海水の入りくる洞がこの下にあるといえども旅の時間無し

足摺岬の近くには白山《はくさん》洞門があるそうだが、そちらへは行かず、「唐人駄場」に連れていってもらう。初めて名前を知ったが、縄文時代に祀られていたらしい巨岩がいくつも並んでいるところで、圧巻であった。冬の陽が当たって、温かい岩肌に手を触れながら登ってゆく。大きな掌のような岩に座ると、青い海がどこまでも広がっている。古代に唐人——何者かは不明——が海を渡ってやってきて、この遺跡を築いたともいわれる。

十二月八日㈮

睨みたるウツボの首は断ち切られ土佐の秋の夜炙《あぶ》りしを食ぶ

高知にはウツボ料理の店がいくつもある。特に「ウツボのたたき」が名物。しっかりとした歯ごたえで香ばしく、たいへん美味しかった。「秋の日の水族館の幽明に悪党のごとき鰧《おこぜ》を愛す」（馬場あき子『阿古父』）という歌があるが、こちらも負けず劣らず、険悪な面構えである。

十二月九日（土）

海に来て海を身体《からだ》に入れたるが風船のごと夕べにしぼむ

午後三時すぎの特急〈あしずり〉で、中村駅を発った。高知県は初めてだったが、また来たいなと窓の外に広がる海を見ながら思う。四万十市にある幸徳秋水の墓や資料室を見たのも収穫だった。大逆事件で、濡れ衣を着せられ処刑された人。「吾人は飽まで戦争を非認す　之を道徳に見て恐る可きの罪悪也……」と続く彼の言葉を刻んだ石碑が、墓地の近くに立っている。戦争に反対したため、明治政府に殺されたのである。

十二月十日(日)

アウシュヴィッツに記念館あれどガザには誰が作らむ瓦礫の跡に

福島県白河市にアウシュヴィッツ平和博物館がある。七年前に訪問した。古い貨車が置かれ（これは日本の鉄道のものだが）その中に、ナチスの迫害を受けた子どもたちの描いた絵が展示されていた。幼いタッチだけれど、赤いクレヨンで血の噴き出す様子が描かれていて、異様に恐ろしかった。ガザの子どもたちは今、同じような絵を描いているのかもしれない。

十二月十一日(月)

枝々に桜紅葉はわずかにて素通しとなり雨の降りいる

最近「強剪定《きょうせんてい》」という言葉を初めて知った。太い木の枝を大胆に切り落とすことで、秋から冬に行うという。桜並木でも、ばっさりと切られた痕が白々と見えていることがある。痛々しいが、それは人間の勝手な同情にすぎないのだろうか。春には無数の花が咲いて、切り口は見えないようになってしまう。

十二月十二日㈫

曇天にほそくひらける青のあり木枯しのなか閉じてゆきたり

あれは「天眼」とも呼ぶらしい。「収めたる冬野をみつつ行くゆふべひろき雲に天眼移る」（佐藤佐太郎『天眼』）。佐太郎はこの語を蘇東坡の詩から学んだという。

十二月十三日㈬

東より来たる人にはくだり坂　積もる紅葉を踏みつつ行きぬ

近くの曼殊院まで散歩した。寺の白い塀の周りには大きな楓の木が何本も立っている。もう色の鮮やかな時期は過ぎたけれど、落ちているたくさんの枯れ葉の中に、くっきりとした赤が混じっていることがある。小さな子どもが拾ったりしている。

十二月十四日㈭

百舌の声ひびく昼すぎ灰色の髪のごとくに蕎麦を茹でおり

鶏肉と白葱をゴマ油で炒め、温かい蕎麦の上に載せて食べる。簡単だけれど、冬の昼にはもったいないくらいの美味である。年末なので印刷所のスケジュールが厳しく、せかされている原稿がある。この蕎麦を力に、午後の仕事を乗り切らなくては。

十二月十五日㈮

目のまるさ感じるほどに沁みゆけり冬の夜更けに目薬をさす

「二階から目薬」ということわざがあるように、江戸時代にも目薬は存在していたらしい。だが、現在のようなプラスチックの容器も、ガラス壜もないので、貝殻に薬品を入れ、水に溶かして使っていたという。毛筆を使って、滴を目に落とすという方法も用いていたようだ。明治時代になると、ガラスのスポイトが登場する。ネットで「目薬の歴史」と検索すると、さまざまな古い目薬が出てきておもしろい。

十二月十六日（土）

ほそほそと陽の射しておりどんぐりの落ちくる音を枯葉はつつむ

宮沢賢治の『どんぐりと山猫』のラストシーンは子どものころに読んで以来ずっと心に残っている。山猫がくれた黄金のどんぐりは、山から遠ざかるにつれて色褪せてゆき、家に着いたときには普通のどんぐりに戻っていた。騙されたわけではなく、山猫の魔力は町にまで及んでいなかったということなのだろう。山に夕日が射すとき、黄金とまではいかないけれど、どんぐりは鉱物のように輝くことがある。

十二月十七日㈰

おどろくとは目を覚ますこと　車窓《まど》よぎる冬ゆうやみの町におどろく

「物におそはるる心地しておどろき給へれば、火も消えにけり。」（『源氏物語』「夕顔」）

十二月十八日㈪

すでに誰かが書きたることをなぞるのみ　カーテンに夜のわが影映る

「ある言語が悲しい歴史を背負っている場合も少なくない。（中略）ところが、ある言語を学ぶことは、それを作り出したのが人間であるにもかかわらず、どこか人間的な悲しみから自由である。言語は人間に完全に内在していながらも、どこか人間を超えている。」（國分功一郎『スピノザ』）

十二月十九日㈫

赤き木々まだ残りいる山膚を朝《あした》の霧は巻きしめており

三歳まで、越表《こしおもて》という宮崎県の山奥にある村に住んでいた。ほとんど憶えていないが、ある朝の、向かいの山を白い霧が昇ってゆく情景は、ずっと脳裡に残っている。霧の山を見ると、いつも幼い時間に戻ってゆく感じがする。

十二月二十日（水）

あと一夜ねむるか旅程決められずベランダを打つ雨音を聞く

「一見すべきよし、人々の勧むるによりて、尾花沢よりとつて返し、その間《かん》七里ばかりなり。」（『おくのほそ道』）

こうして芭蕉は立石寺へ向かう。この一文、なぜか好きなのである。旅先でときどき「あそこも見に行くといいですよ」と言われることがある。たいていはスケジュールが決まっていて、断念してしまう。この機会を逃がしたら、もう行けないだろうなと思いつつ。でも芭蕉は、いい所だと聞いたら、どんなに苦労しても見に行く。未練を残さない旅をしている。

十二月二十一日㈭

虐殺を黙認したる企業とぞ聞きつつ聞けどカフェラテを飲む

その組織のありかたに違和感を持ちつつ、協力的に仕事をしている、ということは、私にもある。生活していくために仕方がない面もある。だが、疑問に思っているものに加担してしまう自分の中途半端さは、自覚しておきたい。

十二月二十二日㈮

誰もみな月見れば戦《いくさ》は終わらむと信じし西行　梢を照らす

「西行の花月によせる悲しいばかりに美しい歌声は、殺と争を事とする人間世界を一寸下に敷きつめていることによって、しんじつ悲しいのである。」（上田三四二『この世この生』）

十二月二十三日(土)

俺が書いて何になるガザの死を　消せば埃の吸いつくテレビ

「戦争がはじまると、歌人は勇奮感激して歌を作り、また放送局でも雑誌でも新聞でも競うて戦争の歌を徴求し（中略）いきほひ、一つの材料だけの歌に始終し、単調にならざることを得ぬ運命になつた。」（『童馬山房夜話』）と斎藤茂吉は書いている。今もその本質は変わっていない。しかし、歌わないことも、何かを喪失することになる気がするのだ。

十二月二十四日(日)

誰の曲だったか　わざとのろのろと弾くピアノの音《ね》
聖夜のカフェに

クリスマスとは関係ないが、キース・ジャレットの『The Melody At Night, With You』は、歌を作るときによく聴くアルバムである。夜更けにゆったりとしたピアノを聴いていると、不思議に言葉が湧き出てくる気がする。「シェナンドー」という曲は、もともとはアメリカの素朴な民謡なのだが、このアルバムでは哀切な響きを帯びていて、ピアノだけなのに、心が揺さぶられるのである。原曲を聴くと、印象が全く違っていて驚かされる。

十二月二十五日(月)

百十年前にクリスマス休戦あり遺体を拾う人は野に出て

第一次世界大戦中の一九一四年十二月二十四日、西部戦線のイギリスとドイツの兵士たちは、一時的に戦闘をやめて、ともにクリスマスを祝ったらしい。軍の上層部の指示ではなく、自然発生的に停戦が生じたのだという。ただ、翌年以降のクリスマスには、そんなことは起きなかった。奇跡的だったと言われるゆえんである。今年、プーチンはロシア正教会のクリスマス(一月七日)に、休戦を提案したが、ウクライナは拒絶したそうだ。侵攻している独裁者が、一方的にクリスマスを持ち出しても、聖性を帯びることはないのである。

十二月二十六日㈫

焼き畑のごときか寺は滅ぼされその上にまた寺は建ちにき

伏見にある宝塔寺に行った。ここは『源氏物語』に登場する極楽寺があったところ。「やよひ廿日、大殿の大宮の御忌日にて、極楽寺に詣で給へり。」(「藤裏葉」) 極楽寺はその後、真言宗から日蓮宗に改宗し、宝塔寺と名を変えた。しかし、応仁の乱で、多宝塔以外はすべて燃えてしまったという。寺の門のあたりに、極楽寺の礎石が一つだけ残っている。そんなに大きくはない千年前の丸い石は、冬の明るい陽射しを浴びていた。

十二月二十七日(水)

山あいの石の羅漢のそれぞれに夕餉《ゆうげ》のごとき光はとどく

伏見の宝塔寺に行った帰りに、石峯寺《せきほうじ》に立ち寄る。ここには伊藤若冲《じゃくちゅう》と住職が作った五百羅漢の石像がある。裏山のあちこちに群れをなす様は圧巻であった。あの若冲が下絵を描いただけあって、羅漢たちの表情は独特で、水木しげるのねずみ男のような者も交じっている。

十二月二十八日㈭

この家のどこかに母の死にし時残りて夜更け木の軋む音

故郷の宮崎県に帰る。実家には今、父が一人で住んでいる。五年前、母の枕もとで、『戦場のメリークリスマス』のピアノを流したことがあった。昏睡状態でも聴覚だけは残っている、という話を聞いたことがあったので。何の反応もなく、曲はベッドのあたりを漂っていた。今年は坂本龍一もこの世を去ってしまった。

十二月二十九日㈮

もう起きて　いくたび母に言われしか畳の老いし部屋に目覚めつ

実家には私の部屋が残っているが、ほとんど何も置かれていない。帰省したら、そこに布団を敷いて寝る。壁には、弥勒菩薩の顔が掛かっている。京都でよく売られている土産物である。中学校の修学旅行で青蓮院《しょうれんいん》あたりを歩き、こんな町で暮らしたいなと思ったら、五年後に願いは実現したのだった。ただ母は、いつか故郷に戻ってくるだろうと信じていたようである。

十二月三十日(土)

薄日さす公園に来つ一羽ずつ鳥消ゆるごと今年の終わる

先日、馬場あき子さんのお宅で、西行と藤原俊成について対談させていただいた。掲載された「短歌研究」一月号を読み返す。「大方《おほかた》の露には何のなるならん袂《たもと》に置くは涙なりけり」(西行)について、馬場さんが語ったことが印象深い。自分の袖にある涙の一粒。野原を見渡すかぎり、無数に存在している露の一つ一つの背後には、どんな悲しみがあるのだろうか。世界にはいつも涙が満ちている。そんなふうに読むと、現在増え続けている戦死者のことも連想させられる。

十二月三十一日(日)

今日の夜《よ》に鳴る鐘ならむゆうぐれに青黒き裾をひろげていたり

母の遺骨は、宮崎市の真栄寺の納骨堂に置かれている。鉄筋コンクリート製の五重塔が建っており、木造の塔と比べるとさすがに雰囲気は欠けるが、夕日を浴びたときは金色に輝いて見える。今日は今年最後のお参りに行く。二〇二三年も私の周りでは静かに終わろうとしている。しかし、世界中で起きているさまざまな波乱は、いつここに押し寄せてくるのか分からない。海の上の小さな岩の上に立っているような感じに襲われる。そんな年の暮れである。

一年間お読みくださり、誠にありがとうございました。

あとがき

叡山電車は、比叡山や鞍馬に向かう小さな電車である。私の家は、一乗寺駅と修学院駅の中間にあり、週に数回は必ず乗っている。踏切のカンカンと鳴る音や鉄路の響きも、窓から入ってくる。少しうるさいけれども、ここに三十年近く暮らしているので、私の生の一部になっている感じがする。

「短歌日記　二〇二三年」として、ふらんす堂のホームページに連載したときに、歌と一緒に短い文章も載せるようにした（他者の作品から引用している日もある）。私にとっては初めての試みであり、歌と文章が即《つ》かず離れずになるように意識したけれども、成否は読者の方々に判断していただくほかにない。

三六五日、短歌と短文を書いていくのは、想像以上に苦しみが多く、何度も言葉が涸《か》れたような状態に陥った。それでも無事に完走できたのは、体調を崩さずに、粘って書くことができる健康を維持できたからだと思う。支えてくれた妻に感謝したい。

この本の最後の日に私は、「世界中で起きているさまざまな波乱は、いつここに押し寄せてくるのか分からない。」と書いている。その翌日の一月一日に、能登半島の大地震が起きて、非常に驚かされた。「いつここに押し寄せてくるのか分からない」などと悟ったようなことを書きつつ、実際に起きたらショックを受け、混乱してしまうのが、私という人間なのだろう。

不安を抱えつつ、それでも日々の小さな思いを短歌として表現してゆく。はかない営為だが、平凡な暮らしや情景をリアルに描くことにも意味があるはずだと信じたい。

ふらんす堂の山岡喜美子様、山岡有以子様には、連載中から出版まで、大変お世話になりました。心より御礼申し上げます。

吉川宏志

二〇二四年四月十日

著者略歴

吉川宏志（よしかわひろし）

1969年　宮崎県生まれ。京都大学文学部卒。塔短歌会主宰。
現代歌人協会理事。京都新聞選者。

歌集は『青蟬』（現代歌人協会賞）、『鳥の見しもの』（若山牧水賞、小野市詩歌文学賞）、『石蓮花』（芸術選奨文部科学大臣賞、斎藤茂吉短歌文学賞）、『雪の偶然』（迢空賞）など10冊を刊行。
評論集に『風景と実感』『読みと他者』がある。

叡電のほとり　eiden no hotori　吉川宏志　Hiroshi Yoshikawa

塔21世紀叢書第447篇

2024.07.29 刊行

発行人　山岡喜美子

発行所｜ふらんす堂

〒182-0002 東京都調布市仙川町 1-15-38-2F

tel　03-3326-9061　fax 03-3326-6919

url　www.furansudo.com　email　info@furansudo.com

装丁｜和　兎

印刷｜日本ハイコム㈱

製本｜島田製本㈱

定価｜ 2200 円＋税

ISBN978-4-7814-1668-7 C0092 ¥2200E

2007 十階　jikkai
東直子　Naoko Higashi

2010 静かな生活　shizukana seikatsu
岡井隆　Takashi Okai

2011 湖をさがす　umi o sagasu
永田淳　Jun Nagata

2012 純白光　jyunpakuko
小島ゆかり　Yukari Kojima

2013 亀のピカソ　kame no Picasso
坂井修一　Shuichi Sakai

2014 午後の蝶　Gogo no chou
横山未来子　Mikiko Yokoyama

2015 無縫の海　muhou no umi
高野公彦　Kimihiko Takano

短歌日記シリーズ　定価2000円+税　以下続刊

2016 南の窓から minami no mado kara
栗木京子 Kyoko Kuriki

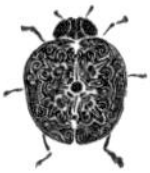

2017 光の庭 hikari no niwa
伊藤一彦 Kazuhiko Ito

2019 オナカシロコ onakashiroko
藤島秀憲 Hidenori Fujishima

2020 天窓紀行 tenmadokikou
川野里子 Satoko Kawano

2021 樟の窓 kusunoki no mado
大辻隆弘 Takahiro Otsuji

2022 天國泥棒 tengoku dorobou
水原紫苑 Shion Mizuhara

短歌日記シリーズ　定価2000円＋税（2021より2200円＋税）　以下続刊